Impressum:
Bibliografische Information der Deutschen Nationalbibliothek. Die Deutsche Nationalbibliothek verzeichnet diese Publikation in der Deutschen Nationalbibliografie; detaillierte bibliografische Daten sind im Internet über http://dnb.d-nb.de abrufbar.
Veröffentlicht bei Infinity Gaze Studios AB
1. Auflage
Dezember 2024
Alle Rechte vorbehalten
Copyright © 2024 Infinity Gaze Studios
Texte: © Copyright by Nini Schlicht
Cover & Buchsatz: V.Valmont @valmontbooks

Infinity Gaze Studios AB
Södra Vägen 37
829 60 Gnarp
Schweden
www.infinitygaze.com

Von fernen Welten

NINI SCHLICHT

IN EINE ANDERE WELT

Das monotone Prasseln des Regens, der in großen Tropfen auf mich niederfiel, zog an meinen Gliedern. Ich verlangsamte meine Schritte und konzentrierte mich ausschließlich auf jeden einzelnen Tropfen. Geräuschvoll landeten sie auf der Kapuze meiner Regenjacke.

So konnte ich verhindern, dass meine Gedanken sich verselbstständigten und in Richtungen abbogen, die ich gerade nicht einschlagen wollte. Am liebsten hätte ich mein Gehirn komplett abgestellt. Wieso machte es ständig, was es wollte? Ich ging spazieren, um abzuschalten, um mal an nichts zu denken, aber mein Kopf hatte andere Pläne. Er zeigte mir immer und immer wieder diese eine Szene, als ob sie sich nicht sowieso schon tief genug in mein Herz gefressen hätte.

Mark, wie er vor mir stand und mich mit einem zutiefst abwertenden Blick ansah.

Mark, wie er zu mir sagte: „Dich kann man sich nervlich einfach nicht antun. Das ist mir alles viel zu anstrengend. Komm erstmal auf dein Leben klar, bevor du andere dran teilhaben lässt."

Immer wieder durchlebte ich diese Situation. Manchmal stellte ich mir vor, dass ich anders reagierte. Dann sah ich in Marks Augen, lächelte ihn selbstbewusst an und sagte: „Manche Menschen sind einfach noch nicht reif genug, um mit mir mithalten zu können. Wir können in ein paar Jahren weitersprechen, wenn du so weit bist, kleiner."

In meiner Fantasie drehte ich die ganze Szene komplett um, sodass ich diejenige war, die Schluss machte. Doch in Wirklichkeit hatte ich nichts dergleichen gesagt oder getan. Ich hatte einfach nur dagestanden wie ein kleines, weinerliches Mädchen. Ich hatte ihn angeblickt – den Typen, der anfangs so nett gewesen war. Der sich für mich interessiert hatte und bei mir sein wollte. Diesmal hatte ich gedacht, dass er der Richtige sein könnte.

Doch es war wie jedes Mal. Irgendwann wurde es allen zu viel, wenn sie mich näher kennenlernten. Schnell hatten sie die Nase voll und schoben mich von sich.

Der Wind wurde stärker. Er wehte mir die kalten Regentropfen peitschend ins Gesicht. Wenn ich ehrlich zu mir war, konnte ich mit den meisten Menschen ebenso wenig umgehen.

Ich war irgendwie anders. Mein ganzes Leben lang hatte ich schon das Gefühl, als würde ich nicht hierher gehören. Mich beschäftigten andere Dinge.

Ich ließ mich auf solche Typen wie Mark ein, um ein Gefühl der Zugehörigkeit zu erhalten. Ich wollte einfach ein normales Mädchen sein, das einen festen Freund hatte und normale Dinge tat.

Er hatte gesagt, ich solle auf mein Leben klarkommen. Aber was war denn mein Leben?

Ich war zweiundzwanzig Jahre alt und hatte noch keine längere Beziehung gehabt. Meine Eltern hielten mich für einen hoffnungslosen Fall – die Tochter, die sie am liebsten verschweigen würden. Ich hatte keine konkreten Pläne für mein Leben, so wie ihn die meisten in meinem Alter bereits hatten. So konnte ich in den Augen meiner Eltern nicht nur keinen Mann lange halten, sondern hatte auch keine Perspektive für meine Zukunft.

Meine Freunde – wenn man sie denn so bezeichnen konnte – wollten mich nur dabei haben, wenn ich über dieselben Witze lachte wie sie und dieselben Dinge tat wie sie. Das waren im Allgemeinen Gespräche über Jungs oder das eigene Aussehen.

Welcher Lippenstift passt zu welchem Outfit? Was gefiel den Männern wohl am besten? Wenn es so losging, ergriff ich meistens die Flucht.

War das wirklich das Wesentliche auf dieser Welt? Wieso war ich so anders? Wieso interessierte ich mich für die Entstehung der Erde und welche Aufgabe wir hier eigentlich hatten? Wieso liebte ich es, stundenlang durch Wälder zu spazieren? Keiner meiner Freunde ging in den Wald. Auch sonst traf ich dort sehr selten andere Menschen.

Wenn doch, dann hielten sie ihren Hund an der Leine und starrten auf ihr Handy. Sie wollten nur schnell wegen des Hundes raus und so schnell wie möglich wieder zurück. Sie nahmen nichts um sich herum wahr.

Ich hingegen sah alles: die im Wind tanzenden Baumkronen, vorbeihuschende Mäuse, die ihre Vorräte in Sicherheit bringen wollten, das schimmernde Energiefeld, das um jeden einzelnen Baum herum schwirrte.

Als Kind hatte ich meine Eltern gefragt, ob es wohl an der Hand kribbeln würde, wenn man den durchsichtigen Nebel anfasst. Sie hatten mich irritiert angesehen und gefragt, welchen Nebel ich meinte. Ich hatte auf die Bäume gezeigt und gesagt, dass um jeden einzelnen herum etwas flimmerte.

Es war wie ein unsichtbarer, tanzender Nebel. Sie hatten gesagt, ich solle mit diesem Unsinn aufhören. Da wäre kein Nebel, und ich solle aufhören herumzuspinnen.

Das Energiefeld konnte ich immer noch sehen. Doch außer mir schien das sonst niemand zu bemerken.

Vielleicht war ich ja verrückt. Ich rieb mir das nasse Gesicht. Es war glühend heiß. Erst jetzt bemerkte ich, wie sich mein Atem beschleunigt hatte. War ich verrückt? Hastig schüttelte ich den Kopf, um das unangenehme Gefühl loszuwerden. Denn selbst wenn ich verrückt war – damit musste ich wohl leben.

Ich versuchte mich mit aller Kraft wieder auf die prasselnden Regentropfen zu konzentrieren. Ich hatte keine Kraft mehr, über Mark, meine Eltern oder jeden einzelnen Menschen da draußen, der mich seltsam fand, nachzudenken.

Mittlerweile hätte ich die Kapuze auch ausziehen können. Meine langen Haare waren bereits triefnass. Sie rutschten mir immer wieder über die Schulter nach vorne. Sie waren hüftlang, kastanienrot und klebten an meiner Regenjacke, was alles andere als glanzvoll war.

Doch irgendwann hatte ich es endlich geschafft, und in meinem Kopf existierte nur noch das Geräusch des Regens.

Vom Weg aus konnte man eine Lichtung erkennen, die förmlich dazu einlud, den Weg zu verlassen. Ich lief querfeldein weiter. Meine schwarzen Gummistiefel sanken in den vom Regen aufgeweichten Waldboden ein. Es war, als liefe man auf Wolken.

Ich verweilte einige Augenblicke lang auf der Lichtung. Langsam im Kreis drehend, nahm ich jeden Winkel in mir auf. Das Gras wuchs hier so hoch, dass es mir bis an meine Knöchel reichte. Rundherum blickte ich auf eine Wand aus Bäumen. Doch hier hatte ich Platz.

Ich atmete noch dreimal tief durch und entschloss mich dann, weiterzulaufen.

Hinter der Lichtung wurde der Wald dichter. Ich musste mir freie Stellen suchen, an denen ich weiterkam. Gestrüpp und umgekippte Bäume versperrten mir den Weg.

Ich spürte einen unwiderstehlichen Drang, immer weiterzulaufen. Es machte mir Spaß, auf diesem unebenen Pfad zu wandeln. Ich hatte es ohnehin nicht eilig, wieder nach Hause zu kommen. Was sollte ich da? Mich erwartete nichts.

Dann konnte ich es plätschern hören. Irgendwo hier musste ein Bach sein. Ich ging dem Geräusch nach.

Nach einer Weile lichtete sich der Wald wieder.

Ich trat aus dem Dickicht hervor und konnte wieder frei laufen, ohne mich über Äste, Bäume oder durch Dornengestrüpp kämpfen zu müssen. Vor mir rauschte ein durch den Regen ziemlich hoch gestiegener Bach.

Ich war so gebannt von seinem geschwungenen, zierlichen Verlauf, dass ich die Gestalt auf einem Baumstumpf am Bach gar nicht bemerkte. Erst als sie sich regte, blieb ich erschrocken stehen.

Hier hatte ich nun wirklich niemanden vermutet. Wer ging denn außer mir so weit in den Wald hinein? Obwohl ich erkannte, dass es sich um eine junge Frau, etwa in meinem Alter, handelte, bekam ich etwas Angst. Vielleicht waren ja noch weitere Personen hier. Vielleicht führten sie nichts Gutes im Schilde. Mich würde niemand jemals wiederfinden, wenn mir hier etwas passieren sollte.

Ich sah weiter zu der Frau, die bisher noch nicht rübergeschaut hatte. Sollte ich es wagen, schnell zu verschwinden, bevor sie mich bemerken würde?

Doch dann sah sie mich an.

Zu meiner Überraschung hellte sich ihr Gesicht auf, und sie schenkte mir ein strahlendes Lächeln.

Ohne es zu wollen, entspannte ich mich durch ihr freundliches Gesicht. Sie hatte ein weißes, bodenlanges Kleid an. Eine Art gestrickte, ebenfalls weiße Stola lag um ihre Schultern. Ihre schulterlangen, blonden Haare schienen überhaupt nicht nass zu sein.

Dann bemerkte ich, dass es aufgehört hatte zu regnen. Ich sah hinauf, direkt in einen wolkenlosen, blauen Himmel. Die Blätter unter meinen Stiefeln knisterten, als ich unruhig von einem auf den anderen Fuß trat. Sie waren trocken. Es war, als hätte es hier gar nicht geregnet.

Plötzlich stand die geheimnisvolle Frau auf und kam auf mich zu. Ich versteifte mich unsicher und war unfähig, etwas zu tun oder zu sagen.

Sie blieb dicht vor mir stehen und sah mir lächelnd entgegen. Ihre Augen schimmerten außergewöhnlich. Ihre Farbe war blau, und doch schienen sie – je nach Lichteinfall – violett zu funkeln. Ich bemerkte um ihren Körper herum ein ähnliches Schimmern wie das, welches ich auch an den Bäumen sah. Ich blinzelte verdutzt, doch es verschwand nicht.

„Ich freue mich so sehr, dass du hier bist, Lina."

Ihre Stimme war weich und beruhigend. Sie hatte einen glockenhellen Klang.

Woher kannte sie meinen Namen?

Mir lief ein eiskalter Schauer über den Rücken, obwohl diese Person trotz allem eine Wärme in mir auslöste. Ich konnte nicht mehr klar denken, und die Worte blieben mir im Hals stecken.

Unvermittelt und ohne ein weiteres Wort griff die fremde Frau nach meiner Hand und zog mich mit sich.

Wir gingen hinüber zum Bach, und sie zeigte auf einen weiteren Baumstumpf, gegenüber dem, auf dem sie zuvor gesessen hatte. Ich zögerte kurz, doch dann ließ ich mich vor lauter Anspannung mehr auf den Baumstumpf fallen, als dass ich mich setzte.

Sie nahm ebenfalls wieder ihren Platz ein.

Nach einer Weile schaffte ich es endlich, meine Stimme wiederzufinden.

„Woher kennst du meinen Namen?", platzte es aus mir heraus, doch die Unbekannte lächelte mich weiterhin liebevoll an.

„Aber du kennst den meinen doch auch."

Ich sah sie verwirrt an und schüttelte den Kopf. Ich hatte sie noch nie in meinem Leben gesehen. Daraufhin lachte sie herzlich auf, so, als hätte ein kleines Kind einen Witz erzählt.

„Doch natürlich kennst du mich. Du musst nur deine Gedanken abstellen und genau hinhören. Genauso, wie du auch den Weg hierher gefunden hast. Deine Intuition hat dich gesteuert."

Das klang selbst in meinen Ohren verrückt. Woher sollte ich ihren Namen kennen? Vielleicht wollte sie mich veräppeln, mir irgendeinen dummen Streich spielen.

Ich hatte den Drang, sofort aufzustehen und zu gehen. Doch die ganze Situation reizte mich auch immens. Ich wollte wissen, wer sie war und woher sie mich kannte.

Anscheinend bemerkte sie meine Bedenken, denn sie beugte sich leicht vor und legte ihre Hand auf meine.

„Versuch es. Versuch, an nichts zu denken, stelle alle Gedanken ab und lausche in dich hinein. Dort findest du meinen Namen."

Einen Moment noch blickte ich in diese eigenartigen Augen. Ihr Blick war ehrlich und sanft. Mich überkam eine Wärme, die meinen gesamten Körper durchlief. Dann ließ ich meine Zweifel fallen.

Ich konzentrierte mich auf den Wind, der durch die Blätter fuhr und sie rascheln ließ. Meine Augen wanderten zum Wasser, fixierten einen Punkt im Bach.

Es dauerte etwas, bis sich das Chaos in meinem Kopf gelegt hatte. Diese Situation war einfach kurios, und ich war überfordert. Doch dann schaffte ich es, eine tiefe Stille zu erzeugen. Ich hörte nichts mehr um mich herum außer die Natur.

Kein einziger Gedanke schwirrte mir durch den Kopf. Da war nichts.

Dann – ganz langsam – tauchte da ein Name auf. Es war kein bewusster Gedanke, eher eine Gewissheit, ganz tief in mir.

Ich hob meinen Blick wieder zu ihren Augen. Sie lächelte mich noch immer aufmunternd an. „Dein Name ist Eome."

Ich konnte nicht erklären, wie ich das wissen konnte. Doch ich wusste es. Ich war mir sicher. So sicher, dass ich keine Bestätigung von ihr gebraucht hätte. Doch sie strahlte und nickte leicht.

Ich hatte solch einen Namen oder etwas Ähnliches bisher noch nie gehört. Hätte sie jetzt nicht auch bei jedem Namen nicken können? Langsam, aber sicher wurde mir das alles zu bunt. Wie konnte ich mir so sicher sein und dann doch wieder zweifeln? Mein Atem ging schneller. Ich runzelte die Stirn.

Diese Frau, die hier einfach so im Wald herumsaß, wirkte – ich konnte es nicht anders empfinden – ehrlich. Hatte sie mich verzaubert?

Ich sprang auf und fuhr mir mit einer Hand hektisch durchs Haar.

„Bitte sag mir ehrlich, woher du meinen Namen kennst. Was ist hier los? Wer bist du?"

Meine Stimme klang ungeduldig und panisch. Ich konnte das alles nicht verstehen. Was wurde hier gespielt?

Eome, oder wie auch immer sie heißen mochte, blickte mich gelassen und verständnisvoll an.

„Das ist alles gerade etwas zu viel für dich, das verstehe ich. Aber Lina, der Zeitpunkt ist jetzt gekommen. Du musst langsam verstehen, welche Aufgabe du hier auf der Erde hast und diese ausführen."

Ich musste meine Aufgabe auf der Erde ausführen? Ich hatte eine Aufgabe? In meinem Kopf drehte sich alles. War das hier real? Oder war ich jetzt endgültig übergeschnappt?

„Lina, wir werden dir die Zeit geben, damit du erstmal zurechtkommst. Aber jetzt würde ich dich gerne mitnehmen, damit du alles kennenlernst und wir dir helfen können."

Eome stand bereits auf und hielt mir erwartungsvoll ihre Hand hin.

Wir? Wer war wir? Waren da noch mehr?

„Du meinst, ich soll einfach mit dir mitgehen? Mit einer Frau, die ich eben mitten im tiefsten Wald getroffen habe und die meinen Namen kennt?"

Eome überlegte kurz und setzte sich dann wieder hin. Ihre Augen leuchteten und betrachteten mich geduldig.

„Tief in deinem Inneren weißt du doch, dass da mehr sein muss. Du bist für mehr bestimmt. Du passt nicht zu den Menschen. Du bist anders als sie. Was hält dich denn hier? Wieso solltest du nicht einfach mitkommen und vielleicht etwas Wunderbares finden?"

Sie hatte recht. Genauso fühlte ich mich bereits mein Leben lang.

Mich hielt doch wirklich nichts.

Das hier war zu überwältigend, um jetzt einfach wegzulaufen und niemals zu wissen, was es genau war. Ich stand also auf und nahm ihre Hand.

Wir gingen am Bach entlang, wieder tiefer in den Wald hinein.

Eome ging zielsicher voran. Ich hätte mich in diesem dichten Wald längst verirrt, doch sie schien genau zu wissen, wo sie war und wo unser Ziel lag. Wir ließen den Bach weit hinter uns und kamen an mehreren Felsen und Steinbrüchen vorbei. Ich war in diesem Wald so viele Male spazieren gegangen, auf dem Wanderweg, von dem ich kam. Nie hätte ich mir erträumen können, was für ein riesiger und vielschichtiger Wald abseits der Wege existierte.

Eome zog mich zu einer dicht beieinander stehenden Felsgruppe. Dort blieb sie stehen und ließ meine Hand los.

„Siehst du dort drüben den Busch mit den roten Blüten? Dahinter ist der Eingang zur Inneren Stadt. Die Stadt der Wissenden."

Der Eingang zur Inneren Stadt? Einer Stadt im Felsen oder was?

Ich war Eome bis hierher gefolgt. Mein Gehirn fühlte sich verknotet an, und ich erkannte, dass es keinen Sinn machte, weitere Fragen zu stellen. Ich musste es mit eigenen Augen sehen.

Ich folgte ihr also weiter zu dem Busch. Was war das für ein Busch? Die Blüten schienen sich zu bewegen, so als ob sie im Wind hin und her wippten. Aber es war windstill.

„Es ist das erste Mal immer etwas unangenehm. Versuch, an nichts zu denken und dich fallen zu lassen", riss die Fremde mich aus meinem Staunen.

Eome schob den Busch zur Seite. Dahinter war eine Öffnung im Felsen, wie eine Art Höhle. Ich trat etwas näher heran und sah hinein. Dort war nichts, außer dichter, weißer Nebel. Er waberte umher, trat jedoch nicht aus der Höhle aus.

„Lina, geh durch den Nebel hindurch und bleib nicht stehen. Hab keine Angst, es wird dir nichts geschehen."

Der Reiz war viel zu groß. Obwohl ich durchaus Angst hatte, dort hineinzugehen und mir klar war, dass es sehr dumm war, jemandem Fremden blind zu vertrauen, ließ ich mich darauf ein. Die ganze Situation war total verrückt. Träumte ich? Konnte es so etwas in der Realität geben?

Ich nahm meinen ganzen Mut zusammen und schritt in den Nebel.

Es war kalt und nass, duftete nach feuchtem, eisigem Waldboden. Die Kälte fuhr mir schlagartig bis in die Knochen hinein. Ich ging immer weiter, ohne etwas sehen zu können.

Ich hatte vollkommen die Orientierung verloren und wusste nicht, ob ich geradeaus oder in eine Kurve gelaufen war. Als ich anfing, mir darüber den Kopf zu zerbrechen, ob ich lieber umkehren sollte, ging es auf einmal abwärts. Ich fiel hinab, einen Abhang oder irgendein Loch hinunter. Mir blieb die Luft weg, sodass ich nicht fähig war, zu schreien. Es nahm kein Ende. Ich fiel und fiel immer weiter. Dann wurde mir mit einem Mal schwarz vor Augen.

„Lina… Wach auf."

Jemand streichelte mir sanft über die Schulter. Ganz langsam kam wieder Klarheit in meinen Kopf.

Hatte ich geträumt? War schon wieder der nächste Morgen, und ich musste aufstehen? Ein verrückter Traum war das gewesen.

Ich wollte mich gerade in meinem Bett ausstrecken, als ich mit dem Fuß gegen etwas Weiches stieß. Ich öffnete die Augen und blickte in ein mir vollkommen fremdes Augenpaar.

Ein älterer Mann mit weißem, langem Bart und ebenso langen, weißen Haaren hockte vor mir. Ich war mit meinem Fuß gegen sein Bein gestoßen.

Ruckartig setzte ich mich auf – zu schnell für meinen gerade erwachten Körper, denn sofort wurde mir schwindelig.

„Langsam, Lina, komm erst wieder richtig zu dir. Komm, leg dich wieder hin."

Die Stimme gehörte Eome. Sie saß neben mir und drückte mich wieder zurück in eine liegende Position. Ich sah sie verdutzt an. Von ihr hatte ich geträumt. Träumte ich dann jetzt auch? Oder war alles real gewesen?

„Wir freuen uns, dass du hier bist, Lina. Es mag jetzt noch etwas verwirrend sein, doch wir beantworten dir all deine Fragen. Du bist in der Inneren Stadt. Wir leben im Inneren des Ortes, den du als deinen Heimatplaneten Erde kennst. Ursprünglich stammt die gesamte Menschenrasse vom Erdinneren ab.

Die Neugier hatte damals gesiegt, und die ersten Menschen zogen an die Oberfläche. Sie vermehrten sich rasant und verteilten sich über den gesamten Planeten. Damit wurden sie sich fremd – sich selbst, ihren Mitmenschen und der Natur.

Sie wurden sich und allem anderen so fremd, dass sie ihre Herkunft vergaßen. Sie verlernten, im Einklang mit der Natur zu leben, und so entstanden Krankheiten. Sie wurden krank und dadurch zornig. So zornig, dass sie anfingen, miteinander zu kämpfen. Sie bekämpfen ihre Mitmenschen, und das tun sie fortwährend auf die grausamsten Weisen.

Wir möchten helfen. Wir wollen versuchen, die gesamte Menschheit zu retten, bevor sie sich selbst zerstört. Aber das funktioniert nur, wenn sie wieder sehen können. Wenn sie die Kraft, welche sie aus der Natur schöpfen können, wieder nutzen, um sich und andere zu heilen.

Deshalb bist du hier, Lina. Du kannst mehr sehen als andere. Du kannst ihnen helfen."

Fasziniert hing ich an den Lippen des alten Mannes. Müdigkeit spürte ich keine mehr. Da war nur noch ein sanftes Pochen am Hinterkopf. Ich musste mir den Kopf angeschlagen haben.

Trotzdem saugte ich jedes einzelne Wort des Mannes auf und empfand erstaunlicherweise keinerlei Argwohn oder Misstrauen.

Es machte irgendwie alles Sinn.

Allein, dass ich hier war, zeigte doch, dass es stimmte. Ich schaute mich neugierig um.

Ich lag wohl auf einer Wiese. Sie war weich und bequem und reichte sehr weit. In einiger

Entfernung konnte ich eine Art Dorf sehen. Dort waren weitere Menschen, doch ich konnte ihre Gesichter nicht genau erkennen. Unmittelbar bei mir waren nur der alte Mann und Eome.

Ich versuchte aufzustehen, und Eome stützte mich.

„Ich bin im Inneren der Erde? Das klingt fast unglaublich für mich."

Der alte Mann stand nun neben mir und lächelte mich ermutigend an.

„Natürlich klingt das unglaublich für dich. Wir hier in unserer Gemeinschaft wissen um das Leben auf der Erdoberfläche. Doch so gut wie alle Menschen, dich eingeschlossen, Lina, haben keine Ahnung mehr vom Leben, welches sie umgibt. Komm, wir zeigen dir unser Dorf und alle, die dort wohnen. Sie freuen sich ebenfalls sehr, dich kennenzulernen."

Wir gingen Richtung Dorf. Mir schossen tausend Fragen durch den Kopf. Ich war komplett überfordert, und mein Kopf fing wieder leicht an zu pochen. Also lief ich stumm neben meinen beiden Begleitern her.

„Ich habe mich noch gar nicht bei dir vorgestellt. Bitte entschuldige. Mein Name ist Laurius, und ich bin sozusagen der gute Geist, der hier alles im Blick behält."

Eome und Laurius. Offenbar hatten sie hier eine ganz eigene Namensgebung.

„Gibt es denn nur dieses eine Dorf hier im Innersten der Erde? Kennst du alle Menschen, die hier leben?"

Die Erdoberfläche war so groß. Ich konnte mir nicht vorstellen, dass ein Mensch hier jeden Fleck und jedes Lebewesen kennen konnte. Dort, wo ich herkam, war das unmöglich.

„Hier haben wir uns nie so weit verteilt wie ihr. Uns war es immer wichtig, eine Verbindung zu halten. Wir wollten der Natur ihren Lebensraum nicht nehmen, indem wir überall Dörfer bauen oder gar Straßen. Jeder von uns hat eine bestimmte Aufgabe, die er erfüllen soll, und nicht für jeden heißt das, Kinder zu bekommen. Deshalb ist unser Erscheinen hier überschaubar. Es gibt noch andere Dörfer etwas weiter weg, aber wir besuchen uns regelmäßig."

Das war eine ganz neue Welt für mich. Obwohl ich noch nicht viel kannte, bewunderte ich das Leben hier im Inneren der Erde. Ich fing an, mich wohlzufühlen. Die Angst war fort, und ich entspannte mich langsam. Das Pochen in meinem Kopf ebbte ab, und mein Herzschlag normalisierte sich.

Die Luft roch nach den verschiedensten Blumenarten. Man konnte praktisch bei jedem

Atemzug einen anderen, blumigen Duft wahrnehmen. Das Einatmen wurde zu einem überwältigenden Erlebnis.

Je näher wir dem Dorf kamen, umso besser konnte ich alle Einzelheiten erkennen. Die Häuser schienen alle aus Bambus gebaut zu sein. Es gab keine Steinbauten. Wunderschöne, kleine, aber auch größere Häuser tummelten sich beieinander. Dabei standen sie jedoch nicht zu dicht. Im Gegenteil: Die Häuser waren offen gebaut. Manche hatten gar keine abschließbare Tür. Regen und Sturm würden die bestimmt nicht überstehen, dachte ich stirnrunzelnd.

Als die Menschen uns sahen, lächelten und winkten sie uns zu. So etwas Herzliches und Offenes hatte ich bisher noch nie erlebt.

„So, herzlich willkommen in unserem bescheidenen Dorf, Lina. Hier wissen bereits alle von deiner Ankunft heute und freuen sich, dich kennenzulernen."

Plötzlich wurden mir unzählige Hände geschüttelt. Nach einer Weile konnte ich nicht mehr mitzählen, wie viele mich umarmt hatten. In den Augen der Menschen lag Freude. Sie schienen sich ehrlich zu freuen, mich zu sehen. Es war niemand dabei, der mich misstrauisch oder abfällig ansah. Es war wie im Traum.

Ich überlegte kurz, ob ich nicht vielleicht doch träumte. Doch ich war ja spazieren gegangen, nachdem Mark mich abserviert hatte. Dann war ich hierhergekommen und hatte zwischendurch nicht geschlafen. Ich musste also wach sein.

Laurius führte mich zu mehreren Tischen und Stühlen, die unter einem Sonnendach aufgebaut waren. Wir setzten uns hin. Die meisten der Bewohner setzten sich ebenfalls zu uns. Andere brachten uns etwas zu trinken.

Sie trugen alle einfache Gewänder in allen möglichen Farben. Ich sah ältere Frauen mit tiefen Falten im Gesicht und weißen, langen Haaren. Fast jede der jüngeren Frauen hatte ihre Haare aufwendig geflochten. Es gab kaum einen Mann, der keinen Bart trug. Auf jedem einzelnen Gesicht lag Zufriedenheit und Freude.

Ich bekam eine Art Kokosnuss mit einem Strohhalm drin. Etwas argwöhnisch betrachtete ich mein Getränk.

„Das ist die Siavanuss. Sie beinhaltet ein sehr erfrischendes Getränk. Probiere es, Lina, es wird dir schmecken."

Eome hatte ebenfalls eine Siavanuss vor sich stehen und trank einen Schluck. Sie nickte mir auffordernd zu.

Ich trank also und war sofort total begeistert. Es schmeckte prickelnd, als wäre Kohlensäure darin. Doch es sprudelte gar nicht. Es war fruchtig, doch ich konnte den Geschmack keiner mir bekannten Frucht zuordnen. Vielleicht eine Mischung aus Erdbeere und Melone? Oder doch eher Papaya? Nein, man konnte es mit nichts vergleichen.

„Wow, das schmeckt einfach himmlisch."

Laurius hatte sich mir gegenüber hingesetzt und lächelte mich freundlich an. „Diese wunderbare Siavafrucht wächst hier auf den Bäumen. Sie ist hier bei allen beliebt, wird allerdings hauptsächlich zu besonderen Anlässen getrunken. Ansonsten trinken wir das Wasser aus dem Bachlauf. Ich freue mich, dass es dir schmeckt."

Laurius hatte eine tiefe und zugleich beruhigende Stimme. Ich konnte verstehen, dass hier alle zu ihm aufsahen. Er war irgendwie etwas Besonderes. Auch die Menschen, die mit uns am Tisch saßen, sahen ihn bewundernd an.

Er ergriff erneut das Wort, und alle hingen ihm an den Lippen.

„Meine liebe Lina. Nun bist du endlich hier.

Du musst wissen, es gibt Menschen an der Erdoberfläche, die das Wissen, welches jedes neugeborene Wesen hat, ihr Leben lang behalten. Leider wird es den meisten abtrainiert, oder sie vergessen es. Deine Welt hat andere Prioritäten, als im Einklang mit der Natur zu leben. Es hat tatsächlich solche Ausmaße angenommen, dass wir fürchten, die Erde könnte dem Untergang geweiht sein.

All die Verschmutzung in der Luft und die Abholzung der Wälder führen zu einem Ungleichgewicht. Doch du bist einer der Menschen, die das Verständnis für die Umwelt nicht verloren haben. Du kannst die Energie der Bäume sehen, und genauso umgibt diese Energie jedes einzelne Wesen auf der Welt.

Wir alle sind Schöpfer. Wir können dazu beitragen, dass die Welt zu einem besseren Ort wird. Man muss die Menschen nur wieder zum Ursprung aller Dinge bringen. Wissen verbreiten gehört zu deinen Aufgaben im Leben, Lina."

Gebannt hatte ich den Ausführungen Laurius gelauscht. Es war zugleich verstörend als auch faszinierend.

Ich sollte die Menschen bekehren? Menschen, die mich gar nicht für voll nahmen? Wie sollte das gehen?

Ich fasste Mut und sprach meine Bedenken offen an.

„Aber die Menschen, die ich kenne, werden nicht auf mich hören. Im Gegenteil, sie werden mich für verrückt erklären. Das tun sie jetzt schon. Ich könnte niemanden überzeugen."

Ich senkte traurig meinen Kopf. Die Leute hier hatten Erwartungen an mich, denen ich nicht gerecht werden konnte. Das tat weh, denn ich wünschte, es wäre anders.

Eome legte ihre Hand auf meine. Diese Berührung tat gut, und ich lächelte sie dankbar an.

„Hab mehr Vertrauen zu dir, Lina.“

„Du kannst zu einem Vorbild für andere werden, wenn du nur an dich glaubst. Wenn du von dem überzeugt bist, was du anderen geben willst, werden sie dir zuhören.“

Diese Zuversicht hätte ich gerne. Insgesamt waren hier alle durchweg positiv gegenüber dem Leben eingestellt. Ich fragte mich, ob hier jemals jemand eine schlimme Erfahrung gemacht hatte. Ob sie Leid, Schmerz und Verlust kannten.

Auf der Erdoberfläche gab es kaum jemanden, der diese Gefühle nicht kannte. Deshalb waren viele so negativ eingestellt. Ich teilte den anderen meine Gedanken mit.

Laurius überlegte einen Moment lang, bevor er darauf antwortete.

„Ein glückliches und sorgenfreies Leben ist keine Voraussetzung für eine positive Lebenseinstellung. Dass man zuversichtlich ins Leben schaut, an sich und an eine gute Macht glaubt, hat etwas mit der inneren Einstellung zu tun. Manche Menschen haben sogar sehr schlimme Dinge erlebt und haben dann – an ihrem tiefsten Punkt angekommen – ihre ganz persönliche Erleuchtung. Auch hier gab es einige Schicksalsschläge. Doch nichts geschieht ohne Grund, man erkennt ihn nur nicht immer gleich."

So hatte ich das noch nie gesehen. Was war mit mir? Welche Einstellung zum Leben hatte ich? Ich war mir noch nicht einmal sicher, ob ich mir jemals diese Frage gestellt hatte. Ich wusste nur, dass ich die Dinge anders betrachtete als andere Menschen.

„Ebenso wie Eome teile ich die Ansicht, dass man an sich glauben muss. Dann kann man anderen helfen, den richtigen Weg zu finden. Du wirst nicht von allen Seiten auf Zuspruch stoßen, Lina. Es wird immer Menschen geben, die zu festgefahren sind in ihrer negativen Schleife. Sie kommen dort nicht heraus, jedenfalls nicht in diesem Leben. Für diejenigen, die auf der Suche nach mehr sind, ist deine Hilfe eine Reißleine, die sie gerne ergreifen."

Laurius hatte ein beigefarbenes Gewand an. Wie er da so vor mir saß, wirkte er wie der Schöpfer der Welt. Keiner von den vielen Menschen, die mit mir am Tisch saßen, takelte sich besonders auf, aber es sah auch niemand in irgendeiner Form verwahrlost aus.

Es waren gepflegte und natürliche Menschen, denen die Lebensweisheit und positive Aura deutlich anzusehen war. Ihre Augen leuchteten in starken Blau- oder Grüntönen. In diesem Moment konnte ich es bei allen sehen: dieses Flimmern um ihre Silhouetten, das Energiefeld, das in Regenbogenfarben schimmerte.

„Aber wie soll ich den Menschen helfen? Was soll ich tun? Ich bin doch nur ein Mädchen. Noch nicht einmal beliebt. Wie soll ich die Menschen erreichen?"

Laurius stand auf und forderte mich auf, ihm zu folgen. Ich wollte mehr von seinem Wissen erfahren, also folgte ich ihm.

Wir gingen ein Stück über die Wiese in Richtung des angrenzenden Waldes. Als wir den Waldrand erreicht hatten, blieb er stehen und hockte sich hin.

„Siehst du dieses kleine Gänseblümchen hier?"

Er zeigte auf das vollkommen alleinstehende Blümchen auf der Wiese. Ich kniete mich zu ihm und nickte.

„Es ist klein und unscheinbar. Du hättest es leicht übersehen können. Aber schau, wenn du es mit der Sonne im Rücken betrachtest, wirft es einen großen Schatten. Viel größer, als es selbst ist. Es gibt für dieses Gänseblümchen keinen Grund anzunehmen, dass es klein ist. Denn es sieht ja nur seinen großen Schatten und geht davon aus, groß zu sein. Damit hat es vollkommen recht. Ein jeder von uns ist groß. Ganz gleich seiner körperlichen Statur. Im Herzen sind wir groß, stark und mächtig. Wir können alles erreichen, wenn wir nur daran glauben."

Ich betrachtete das Gänseblümchen.

Viele Menschen ließen sich durch die Worte anderer klein machen. Sie schrumpften immer mehr, nur weil ihnen jemand sagte, dass sie klein waren. Aber eigentlich stimmte das gar nicht, denn sie waren sehr groß. Es kam einfach nur darauf an, wie viel Gewicht man dem Urteil anderer Menschen schenkte und inwieweit man sich selbst dadurch veränderte.

Jeder Mensch durfte seine Meinung haben. Diese musste man betrachten und akzeptieren. Man durfte sie jedoch nicht auf sich selbst projizieren. Laurius' Nachricht war bei mir angekommen. Sie verursachte einen riesigen Aha-Effekt bei mir.

Ich hatte mich mein Leben lang klein machen lassen. Anstatt in meiner Andersartigkeit etwas Gutes zu sehen, hatte ich mich den negativen Äußerungen meiner Mitmenschen unterworfen.

Wir standen auf und gingen langsam wieder zurück zu den anderen.

Ich dachte viel nach. Alles sah mit einem Mal anders aus. Nicht nur, dass ich mich nicht mehr alleine fühlte – all diese Menschen im Inneren der Erde waren wie ich. Sie verstanden mich und wollten mir helfen. Die Welt war kein hoffnungsloser Ort mehr. Nichts war hoffnungslos, wenn man bereit war zu kämpfen.

„Wir möchten dir noch etwas mit auf deinen Weg geben. Jeder von uns trägt einen Energiestein. Er schützt uns und gibt uns Kraft. Diese Steine finden wir an den Felsen oder in den Bächen, die überall in der Natur entstehen. Nimm einen mit und trage ihn zum Schutz."

Es rührte mich, dass sie mir etwas zum Schutz mitgeben wollten.

Laurius winkte Eome herbei.

Als sie uns erreicht hatte, hielt sie mir einen Stein an einem Lederband hin.

Er war tiefschwarz und oval.

Ich nahm ihn in meine Hand, und sie fing sofort an zu kribbeln. Ich sah erschrocken auf, doch Laurius legte mir beruhigend eine Hand auf die Schulter.

„Keine Angst. Du spürst die Kraft des Steines. Er verbindet sich nun mit dir. Trage ihn dicht bei dir, am besten an deiner bloßen Haut. So kann er dich am besten schützen."

Eome half mir, den Stein umzulegen. Sie verknotete das Lederband um meinen Hals. Ich fühlte mich sofort besser. Dieser Stein musste magische Kräfte haben. Er gab mir das Gefühl, dass mir nichts mehr zu nahe kommen konnte.

Ich bedankte mich bei den beiden. „Heißt das, dass ich jetzt wieder gehen muss? Kann ich denn nicht hierbleiben? Oder wiederkommen?"

Ich konnte spüren, wie mir Tränen in die Augen schossen. Jetzt hatte ich endlich Menschen gefunden, die so waren wie ich, und bei denen ich mich wohlfühlte, und dann sollte ich wieder gehen?

„Sei nicht traurig, Lina. Du wirst uns niemals verlieren. Wir halten die Verbindung und sind für dich da. Du kannst jederzeit wiederkommen, wenn dich etwas betrübt oder du nicht mehr weiterweißt. Aber du hast eine sehr wichtige Aufgabe auf der Erdoberfläche zu erfüllen. Viele Menschen werden dich brauchen und sich an dir orientieren. Du darfst sie nicht im Stich lassen."

Ich wusste zwar noch nicht, wie ich das anstellen sollte, aber ich spürte, dass Laurius recht hatte. Jetzt machte alles einen Sinn. Mein ganzes Leben war auf diesen entscheidenden Punkt hinausgelaufen. Jetzt konnte ich die Dinge in Angriff nehmen.

Ich ließ mich von Laurius umarmen. Es war die wohltuendste Umarmung, die ich jemals erlebt hatte.

Viele der anderen Dorfbewohner drückten mir die Hand oder klopften mir aufmunternd auf die Schulter. Ich bedankte mich vielmals bei allen.

Eome begleitete mich zurück zum anderen Ende der Wiese, wo ich aufgewacht war. Ich blickte mich um und sah Laurius und all die anderen Dorfbewohner. Sie winkten mir zu.

Ich hob ebenfalls die Hand zum Abschied und vermisste sie alle jetzt schon.

„Lina, es ist kein Lebewohl. Es ist ein Neuanfang. Du musst keine Tränen der Trauer vergießen. Diese Begegnung mit uns wird deinen weiteren Weg ebnen."

Eome schob ein paar Büsche zur Seite, und wir traten in eine Höhle im Felsen ein.

Ich fragte mich gerade noch, wie wir wohl all die vielen Kilometer, die ich heruntergefallen war, wieder hochklettern sollten, als wir auch schon auf den weißen Nebel trafen. Dann wurde mir wieder schwarz vor Augen.

Eome strich mir sanft über die Stirn.

Ich blinzelte kurz und schlug dann die Augen auf. Mir war kalt. Ich zitterte, und mir wurde klar, dass es im Inneren der Erde viel wärmer gewesen war.

Ich blickte Eome an, die mir lächelnd in die Augen sah.

„War das alles nur ein Traum? Du bist zwar noch da, aber waren wir wirklich gerade im Inneren der Erde?"

Eome stand auf und half mir hoch.

„Ja, Lina, wir waren bei Laurius und all den anderen guten Seelen. Du gehörst nun zu ihnen. Zu uns."

Ich griff mir an den Hals. Der Stein lag beruhigend in meiner Hand. Ich konnte ihn fühlen. Ich war wirklich dort gewesen.

Wir gingen zurück zu dem Bach, an dem ich Eome das erste Mal gesehen hatte.

Ich seufzte tief. Mich von ihr zu verabschieden, tat weh. Doch ich versuchte das Ganze so zu betrachten, wie sie es mir gesagt hatte. Das hier war kein Abschied für immer. Es war mein Neuanfang.

EPILOG

Ich stand mit feuchten Händen auf dem Podium, vor einem auf meine Höhe eingestellten Mikrofon.

Im Saal blickten mich viele Augenpaare gespannt an. Ich versuchte, meine Atmung zu kontrollieren, doch meine stoßweisen Züge ließen sich kaum beruhigen. Dies war der Moment, auf den ich in den letzten drei Jahren hingearbeitet hatte.

Mein Buch lag vor mir auf einem dafür vorgesehenen Buchständer. Die richtige Seite, von der ich lesen wollte, war schon aufgeschlagen.

In den letzten drei Jahren hatte ich ein Buch geschrieben und eine Internetseite erstellt. Ich hatte in verschiedenen Foren nach Menschen gesucht, die sich verloren fühlten. Ebenso verloren, wie ich es einmal gewesen war, bevor ich ins Innere der Erde eingetreten war.

Ich hatte es nie für möglich gehalten, doch es gab tatsächlich auch auf der Erdoberfläche viele Menschen, die an die Natur und etwas Tieferes glaubten. Etwas Tiefergreifenderes als das, was uns von der Staatsobrigkeit vorgegeben wurde. Menschen, die sich verloren und allein fühlten.

Ich bot ihnen einen Ort, an dem sie sich wohl und zugehörig fühlen konnten.

Ich erstellte ein Forum, in dem man sich austauschen konnte, und eröffnete später sogar einen Laden, in dem ich selbst hergestellte Traumfänger, Ketten, verschiedene Räucherstäbchen oder Kerzen verkaufte. Ich hatte mein künstlerisches Können entdeckt und stellte vieles selbst her.

Ich lernte Menschen kennen, die ebenfalls handwerklich begabt waren und wundervolle Schmuckstücke herstellten. Schließlich verkauften wir diese gemeinsam im Laden. Es wurden regelmäßige Stammtische und Workshops veranstaltet, in denen über die Kraft der Natur und verschiedene Heilmethoden informiert wurde.

Ich erschuf einen Ort, an dem man sich mit Gleichgesinnten treffen konnte. Ich lernte so viele wunderbare Menschen kennen.

Mit meinem Buch, in dem es um ein besseres Leben durch den Glauben an die Natur und die Kraft der Erde ging, erreichte ich sehr viele. Ich bekam Briefe von Menschen, die sich bedankten, denn durch meine Worte hatte sich ihr Leben zum Besseren gewandelt.

Jetzt stand ich hier, auf der weltgrößten Buchmesse, und gab eine Lesung aus meinem Buch.

Es war so erfolgreich, dass ich eingeladen worden war, um daraus vorzulesen.

Mein Leben hatte sich vollkommen verändert, und das war auch gut so.

Ich wusste nicht, was aus mir geworden wäre, wenn Eome mich damals nicht zu Laurius ins Innere der Erde gebracht hätte.

Ich sah in die Menschenmenge vor mir, die mich alle hören wollten. Sie wollten, dass ich ihnen aus meinem Buch vorlas. Das war das wundervollste Gefühl, das ich mir je hätte erträumen können.

Ich sah Eome und Laurius. Sie saßen mitten in der Menge und lächelten mich stolz an. Ihnen hatte ich so viel zu verdanken.

Also begann ich meinen Vortrag mit den Worten:

„Dieses Buch ist zwei wundervollen Menschen gewidmet. Sie öffneten mir die Augen und ebneten mir meinen weiteren Lebensweg voller Hoffnung und Glück. Nur durch sie bin ich in der Lage, für andere da zu sein und meine Aufgabe in diesem Leben zu erfüllen.

Laurius und Eome, dieses Buch ist euch gewidmet."

Die Melodie

DES BAUMES

Ich lauschte dem mir so vertrauten Rascheln der Blätter. Der Wind ließ die Äste tanzen. Sie tanzten zu Melodien, die nur sie hören konnten. Ich stand dort, eingehüllt in meinem grauen Wollmantel, und sah diesem Schauspiel entzückt zu.

Unwillkürlich tauchten vor meinem inneren Auge Bilder aus der Vergangenheit auf. So viele Bilder mitsamt den schönsten Erinnerungen an meine Kindheit.

Ich war gerade mal sechs Jahre jung gewesen, als ich hier an genau dieser Stelle stand. Ich sah zu meinem älteren Bruder hoch, der hinaufgeklettert war.

Er rief mir von der Baumkrone aus zu: „So hoch kannst du nicht klettern. Du bist viel zu klein dafür." Dabei streckte er mir triumphierend die Zunge heraus.

Ich war vielleicht körperlich kleiner als mein Bruder, aber mein Stolz war ebenso groß wie seiner. Für ein Mädchen war ich dazu noch sehr mutig und abenteuerlustig. Ich war also ebenfalls den Baum hinaufgeklettert. Geschickt hangelte ich mich von einem Ast zum nächsten. Zu meinem Glück lagen die Äste dicht beieinander, und ich konnte sie gut erreichen.

Mein Bruder staunte nicht schlecht, als ich ihn erreicht hatte und mich neben ihn auf den höchsten Ast setzte. Dieses triumphierende Gefühl ebbte auch dann nicht ab, als mein Vater die Leiter holen musste, um mich wieder herunterzubekommen.

Dies war das erste Mal gewesen, dass ich auf den Baum geklettert war. Seither waren es bestimmt noch hunderte weitere Male, dass ich dort oben in der Baumkrone saß.

Dieser Ausblick war mit nichts anderem zu vergleichen. Man konnte bis ins nächste Dorf schauen. Man sah die weiten Felder und die Weiden, auf denen die Kühe standen.

Ich war zehn Jahre jung gewesen, als ich mir hier oben die fantasievollsten Geschichten ausgedacht hatte. Ich träumte stundenlang vor mich hin. Die Baumkrone wurde zu meinem Lieblingsplatz, und der Baum war mein bester Freund. Ich fing an, ihm alles Mögliche zu erzählen. Ich weinte mich bei ihm aus und suchte Trost in seiner Blätterpracht.

Mit sechzehn Jahren hatte ich meinen ersten Zungenkuss erhalten. Ich lehnte an meinem Baum, und Dennis aus meiner Parallelklasse küsste mich. Es blieb jedoch bei diesem einen Kuss, denn Dennis entpuppte sich als Frauenheld und küsste bald eine andere. Ich saß stundenlang weinend hier bei meinem Baum. Er bot mir eine starke Schulter, und ich lehnte mich an ihn.

Mit siebzehn Jahren hatte ich mich mit meiner Freundin Jessi und einer Schachtel Zigaretten hier versteckt. Wir hockten uns zwischen die breiten Wurzeln meines Baumes und rauchten. Es tat so schrecklich weh im Hals, dass wir gar nicht mehr aufhören konnten zu husten. Anschließend schmissen wir die Schachtel weg und entschieden uns, als Nichtraucherinnen durchs Leben zu gehen.

Mit neunzehn Jahren war mir die Bedeutung des Baumes für mein Leben das erste Mal bewusst geworden. Ich war Kilometer entfernt an der Universität und mir fehlte mein Rückzugsort. Ich konnte bei meinem Baum einfach besser lernen. Viele wichtige Arbeiten hatte ich angelehnt an seinem Stamm geschrieben. An der Uni fehlte er mir schmerzlich. An keinem anderen Ort empfand ich dieselbe Ruhe und den inneren Frieden.

Nach mehreren Jahren, in denen ich als Journalistin in der ganzen Welt unterwegs gewesen war, zog es mich wieder in meine Heimat. Mein Baum stand immer noch da, als wäre kein einziger Tag vergangen. Die Zeit stand still, hier an diesem Ort.

Ich musste mir beweisen, dass ich es immer noch konnte. Also war ich auch mit Mitte zwanzig noch bis in die Baumkrone geklettert. Nur das Hinunterklettern klappte nicht mehr gut. Ich rutschte bei einem der mittleren Äste ab und stürzte hinunter.

Mein Sturz war nicht unbemerkt geblieben, und ein gut aussehender Mann eilte mir zur Hilfe. Er beugte sich über mich und erkundigte sich nach meinem Befinden. Ich verliebte mich bereits beim ersten Blick in seine Augen. Ihm erging es wohl ähnlich, denn er blieb während des gesamten Rückwegs und auch noch die Tage darauf an meiner Seite.

Wir zogen in ein schönes Haus, ganz in der Nähe meines Baumes. Der Baum wurde zu unserem Glücksort. Der Ort, an dem wir uns kennengelernt hatten. Was läge da näher, als hier an diesem Ort zu heiraten?

Unsere Hochzeit fand also auf der kleinen Lichtung rund um unseren Baum statt. Wir gaben uns das Ja-Wort unter der schützenden Blätterpracht meines besten Freundes. Der Baum gab uns seinen Segen und war unser Trauzeuge.

Wir erlebten viele wunderschöne Nachmittage bei dem Baum. Voller Stolz hatten wir unserer Tochter diesen Ort gezeigt. Mit ihren drei Jahren bestaunte sie den großen und prächtigen Baum. Ich malte mir aus, wie sie in ein paar Jahren das erste Mal hoch zur Baumkrone klettern würde.

Doch daraus wurde nichts.

Als unsere Tochter vier Jahre alt war, erhielten wir die Mitteilung, dass bald ein neues Einkaufszentrum entstehen sollte. Dafür musste ein Stück des Waldes gerodet werden. Genau das Waldstück, auf dem unser Baum stand.

Ich versuchte alles in meiner Macht Stehende, um das zu verhindern. Ich sammelte Unterschriften und schickte diese an den Oberbürgermeister. Ich erstellte Plakate und Flugblätter und verteilte sie überall. Viele Menschen schlossen sich mir an und kämpften ebenfalls um den Erhalt des Waldes.

Wir demonstrierten und kamen sogar in die Lokalnachrichten. Doch am Ende hatte das alles nichts genützt. Der Beschluss stand fest. Die Gemeinde sollte ein Einkaufszentrum bekommen.

Als der Tag gekommen war, ging ich zu meinem Baum.

Ich blieb stundenlang bei ihm. Die letzten Stunden seines Lebens. Ich sah die Arbeiter mit ihren Maschinen kommen. Sie bauten alles auf und machten großen Krach. Ich hörte nur das Raschen der Blätter. Dieses vertraute Geräusch. Ich konnte die Melodie hören, zu der sich die Äste im Wind bewegten.

Mein Mann trat zu mir und legte mir seinen Arm um die Schultern. Als die Arbeiter gerade zu meinem Baum traten, bat mein Mann sie um Geduld. Er kletterte hinauf und schnitt einen Steckling mit vielen Knospen ab.

Er gab ihn mir, und ich hielt ihn fest in den Händen.

Wir traten zur Seite und weinten gemeinsam um unseren Baum. Wir erwiesen ihm die Ehre, seine letzten Minuten nicht alleine verbringen zu müssen. Ich verabschiedete mich tränenreich und war auch die nächsten Wochen untröstlich.

Wir pflanzten den Steckling in unserem Garten ein. Auf diese Weise lebte unser Baum weiter.

Ich hegte und pflegte den kleinen Spross, damit aus ihm ebenfalls mal ein wundervoller Baum werden konnte.

Die einen mögen sagen: „Es ist doch nur ein Baum."
Doch für mich hatte er die Welt bedeutet.

 Zauber

DER LIEBE

Es war die Art, wie er sie liebte. Eine Liebe, die einfach alles übertraf. Seit er sie das erste Mal gesehen hatte, verehrte er sie.

Er war ihr ebenfalls aufgefallen. Sein markantes Gesicht und der gut gebaute Körper. Er hatte ein hübsches Gesicht, doch seine Augen besaßen eine Tiefe, unergründlicher als das Meer.

An diesem Abend erzählte er ihr eine Geschichte mit seinen Blicken. Seinen Blick konnte sie spüren, egal wo sie auch hingingen.

Er folgte ihr durch den Raum. Der Ballsaal war voller Menschen, die tanzten und laut lachten. Doch er verlor sie nicht eine einzige Sekunde lang aus den Augen. Es war, als wäre sie die einzige Person im Raum. Ihr Licht strahlte heller als die Sonne.

Wenn sie zu ihm herübersah, spielte er mit ihrem Blick. Er fing ihn auf und hielt ihn eine Weile. Immer wenn er zu viel in seinen Blick hineinlegte, sah sie weg. Ihre Wangen röteten sich. Das konnte er von Weitem sehen, denn das Rot bildete einen starken Kontrast zu ihrer sonst so alabasterfarbenen Haut.

Auch auf den darauffolgenden Bällen und Festen traf er sie wieder. Ihre schlanke Gestalt sah in jedem Kleid wunderschön aus. Ihre langen, weißblonden Haare fielen ihr in Wellen den Rücken hinab.

Ihre Blicke begrüßten sich jedes Mal wie alte Freunde. Bei jedem Fest kam er ihr langsam näher, doch er hielt einen Abstand zwischen ihnen. Er würde es nicht wagen, sie mit seiner Nähe zu belästigen. Die letzte Distanz müsste sie überwinden, erst dann würde er sicher sein können, dass sie sich bei ihm wohl fühlte.

Er flirtete durchaus mit ihr, doch mehr wagte er nicht. Sie anzusehen, war bereits mehr Glück, als er jemals in seinem Leben empfunden hatte.

Bei einer der unzähligen Veranstaltungen der höheren Gesellschaft war sie ihm dann so nahe, dass er ihre glockenklare Stimme hören konnte. Sie musste ein Engel sein, mit solch einer lieblichen Stimme.

Sie sprach mit einer ihrer Begleiterinnen. Als sie ihn bemerkte, stockten ihre Worte, und sie brauchte eine Weile, bis sie sich wieder fing. Sie blieb dort, wo sie war, auch als ihre Begleiterin wieder zurück zur Tanzfläche ging.

Es war nun nicht mehr als eine Armlänge Abstand zwischen ihnen.

Er versank in ihren Augen, die nun direkt und so nahe in die seinen schauten.

Wie viel Zeit vergangen war, konnte er nicht sagen. Sie war eine ganze Weile lang ruhig und ausgeglichen dagestanden. Doch dann legte sich etwas Forderndes in ihren Blick.

Er bemerkte diese Veränderung und ihren stillen Wunsch nach seiner Aufmerksamkeit. Eine leichte Verbeugung andeutend, hielt er ihren Blick weiterhin gefangen und richtete das erste Mal das Wort an sie.

„Mylady ..."

Sie neigte ebenfalls den Kopf und sprach mit ihrer Engelsstimme: „Mylord ..."

Es war nicht mehr als diese Begrüßung, doch es bedeutete so viel.

Die Zeit verging viel zu schnell, wenn sie bei ihm war. Es schien fast so, als verginge die Zeit mit jedem Zentimeter, den sie näher kam, immer schneller und schneller.

Die Leere, die ihn überkam, wenn sich ihre Blicke aus den seinen lösten, erfasste ihn wie eiskaltes Wasser. Jedes Mal.

Bei dem nächsten Ball trug sie ein fliederfarbenes Kleid. Es schmiegte sich an ihren Körper und schmeichelte ihrer Figur. Er hatte sie sofort bemerkt, als sie den Ballsaal betreten hatte.

Sie sah sich suchend um. Suchte sie seine Blicke? In den ihren lag ein Sehnen, das ihn fast um den Verstand brachte. Ihre hektischen Bewegungen beruhigten sich erst, als sie ihn fand. Mit bohrendem Blick umspielte ihre Lippen ein leichtes und süßes Lächeln.

Eine ihrer Begleiterinnen lenkte sie von ihrem Blickkontakt zu ihm ab. Sie führte sie zu einem der Herren, die mit Zigarren in der Hand in der Mitte des Ballsaals standen.

Dieser Herr nahm ihre Hand, gab ihr einen Handkuss und beschmutzte ihre zarte Haut mit seinen Lippen. Ein gewaltiger Kloß breitete sich langsam in ihm aus. Er musste sich stark beherrschen, um nicht loszustürmen und diesem Herren seine Faust ins Gesicht zu schlagen.

Sie sprach höflich mit ihrem vermeintlichen Verehrer, doch er konnte eine Abneigung in ihren Augen erkennen. Er kannte sie bereits so gut. Jede ihrer Bewegungen war ihm vertraut.

Ihr Körper war nun angespannt, und ihr Blick wurde wieder hektisch. Er musste etwas tun. Also schritt er langsam auf sie zu.

Er stellte sich dicht hinter sie, sodass der Herr ihn bemerkte und sein Gespräch mit ihr unterbrach.

„Mylady, ich bin hier, um den Tanz einzufordern, den Ihr mir beim letzten Ball versprochen habt.“

Er hielt ihr die Hand hin, und sie sah überrascht in seine Augen. Die Überraschung wich einer so tiefen Dankbarkeit, dass er beinahe angefangen hätte zu lächeln.

Dann nahm sie seine Hand und drehte sich entschuldigend zu dem Herrn um. Dieser winkte zuvorkommend ab, jedoch nicht ohne Ärger in seinem Blick.

Dann ging sie mit ihm zur Tanzfläche.

Ihre Hand lag warm und weich in seiner. Die allererste Berührung, und sie hatte ihn wie tausend Stromstöße getroffen.

Auf der Tanzfläche angekommen, legte er ganz vorsichtig eine Hand über ihre Hüfte und nahm mit der anderen Hand die ihre.

Sie hielt seinem Blick stand, und diese leichte Röte stieg ihr wieder auf die Wangen. Er führte sie in einem ruhigen Takt über die Tanzfläche. „Verzeiht mir, dass ich Euch so forsch entführt habe.“

Es war ihm ein Bedürfnis, sich bei ihr zu entschuldigen. Er hatte nie geplant, ihr so nahe zu kommen. Es überstieg alles, was er sich je erträumt hatte.

Sie schüttelte leicht und doch bestimmend ihren Kopf.

„Oh, nein. Ihr müsst Euch nicht entschuldigen. Im Gegenteil. Ihr kamt mir zur Hilfe. Dafür bin ich Euch dankbar."

Sie sprach schnell zu ihm, so als müsste sie sich beeilen, ihn zu beruhigen.

Er entspannte sich tatsächlich. Sie hatte nichts gegen seine Nähe.

Die Musik wurde mal schneller und dann wieder langsamer, und er führte sie stets im richtigen Takt. Es war, als würden sie verschmelzen. Er musste gar nicht viel tun, sie konnte jede seiner Bewegungen voraussehen und reagierte auf ihn.

Wieder war die Zeit so schnell vergangen. Er fragte sie, ob sie frische Luft brauchte, und sie bejahte.

Ihre Hand an seinem Arm führte er sie hinaus.

Mit großen Augen bestaunte sie den Nachthimmel. Der Mond leuchtete hell und übertraf die vielen Sterne bei Weitem.

Sie setzte sich auf den Rand eines Springbrunnens und blickte in die Ferne. Dieser Anblick würde sich auf ewig in sein Herz und all seine Gedanken brennen.

Als sie sprach, war ihr Blick weiterhin in die Ferne gerichtet.

„Werdet Ihr mich jemals um eine Verabredung bitten?"

Für einen Moment war er sprachlos. Wollte sie, dass er um sie warb? Dies hätte er sich in seinen kühnsten Träumen niemals erhoffen können.

Er hockte sich neben sie, nahm ihre Hände und fing ihren Blick wieder ein.

„Mylady, es gibt nichts auf dieser Welt, das ich mehr ersehne als Eure Nähe. Ich wäre jedoch nie auf die Idee gekommen, Euch mit meiner Anwesenheit zu belästigen. Wenn Ihr mir jedoch die Erlaubnis erteilt, werde ich alles in meiner Macht Stehende tun, um Euch ein Lächeln ins Gesicht zu zaubern."

Tatsächlich schlich sich ein schüchternes Lächeln auf ihre Lippen, und sie flüsterte ihm zu:

„Ihr habt meine Erlaubnis."

Ende

Heilsame

KÜSSE

Es war einfach viel zu heiß für einen Tag im März. Ich hatte das Gefühl, mein Gesicht wäre so rot wie eine überreife Tomate, und meine Haut fühlte sich unangenehm klebrig an. Dennoch ging ich schnellen Schrittes weiter, wobei mein Hals immer trockener wurde.

Ich hätte an etwas zu trinken denken sollen. Doch wenn man wütend das Haus verlässt, bleibt einem gerade noch genug Zeit, sich die Schuhe anzuziehen. Es hätte meinen dramatischen Abgang kaputt gemacht, wenn ich mir noch eine Flasche Wasser abgefüllt und eingepackt hätte.

Jetzt musste ich mich entscheiden, ob ich verdursten oder doch wieder heimgehen sollte. Die Luft wurde endlich etwas kühler, als ich tiefer in den Wald hineinging. Ich verlangsamte meine Schritte und atmete durch.

Meine Eltern wollten einfach nicht akzeptieren, dass ich andere Pläne hatte als sie.

Ich hatte gerade erfolgreich mein dreijähriges Jurastudium beendet und wollte mir eine Auszeit nehmen. Davon wollten meine Eltern allerdings nichts hören. Sie drängten mich, weiterzustudieren, damit ich irgendwann mal Richterin oder etwas Ähnliches werden konnte.

Ich war mir allerdings schon seit geraumer Zeit nicht mehr sicher, ob ich das alles noch wollte. Oder ob ich es jemals gewollt hatte. Momentan strebte ich einfach nur ein Jahr Auszeit an. Ein Jahr, in dem ich die Welt bereisen und jobben wollte.

Ich wohnte zwar schon in meiner eigenen Wohnung, doch diese befand sich im Haus meiner Eltern. Während des Studiums hatte ich die meiste Zeit im Wohnheim gewohnt und war nur in den Ferien oder an den Wochenenden zu Hause gewesen. Doch jetzt wollte ich mich langsam ganz abkapseln.

Das kann man mit zweiundzwanzig Jahren ja durchaus anstreben. Allerdings wollten meine Eltern auch davon nichts wissen. Sie würden mich am liebsten mein Leben lang eine Etage über ihnen wohnen lassen. Diese ewigen Diskussionen wurden zum Alltag, und heute war es mir einfach zu viel geworden.

Der Wald schaffte es, dass ich ruhiger wurde und runterkam.

Mittlerweile schlenderte ich langsam vor mich hin und genoss den frischen Wind auf meiner Haut.

Der Waldspaziergang war bis jetzt das Beste an meinem Tag. Zusätzlich zu dem Streit mit meinen Eltern hatte mich die neue Katze unserer Nachbarin gekratzt.

Das zierliche Kätzchen hatte in unserem Vorgarten gesessen und sich auf ziemlich niedliche Art geputzt. Als ich gerade unsere Auffahrt hochgekommen war, lief es mir entgegen und drängte sich schnurrend an meine Beine. Ich hatte zwar keine Ahnung von diesen Tieren, aber das war doch eindeutig eine freundliche Geste seitens der Katze gewesen. Also hatte ich mich zu ihr heruntergebeugt und ihr liebevoll über den Kopf gestreichelt. Ein paar Mal ließ sie es sich auch gefallen, doch dann schlug sie unvermittelt nach mir. Ohne Vorwarnung.

Sie traf mich mit ihren Krallen an meiner Oberlippe, die jetzt einen ziemlich unschönen und schmerzhaften Kratzer hatte. Dieses Tierchen würde es von nun an nicht mehr schaffen, mich hinterlistig um den Finger zu wickeln. Ich würde all ihre Avancen ignorieren. Ebenso die ihrer Artgenossen. Das war's mit mir und den Katzen.

Ich verzog schmerzhaft das Gesicht, als ich bei der Erinnerung an die fiese Katzenattacke meine Lippe befühlte.

Gerade als ich nochmal tief durchatmen und alle schlechten Gedanken vertreiben wollte, summte etwas ganz nah an meinem Ohr. Panisch schlug ich danach, doch es ließ sich nicht vertreiben.

Mit meinen hektischen Bewegungen hatte ich die Wespe nur noch aggressiver gemacht. Von allen Tieren dieser Welt hatte ich die größte Panik vor Wespen.

Ich rannte blindlings los, da ich mir nicht mehr anders zu helfen wusste. In der Hoffnung, die Wespe hätte es irgendwann satt, mir zu folgen, wurde ich immer schneller.

Ich achtete nicht weiter auf meine unmittelbare Umgebung und schrie überrascht auf, als ich heftig mit jemandem zusammenstieß. Die Wucht des Aufpralls konnte keiner von uns abfangen, also stürzten wir beide zu Boden.

Der Typ, gegen den ich gerannt war, hatte mich noch an meinen Oberarmen gepackt und versucht, mich zu halten, doch er hatte das Gleichgewicht verloren. Er hatte sich im Fallen allerdings so geschickt gedreht, dass ich mehr oder weniger weich gelandet war. Nämlich auf ihm.

Atemlos von meinem Paniksprint stützte ich mich auf seiner Brust auf und sah ihm direkt in die Augen. Er hatte strahlend blaue Augen, deren Iris seltsam zu funkeln schien. Oder vielleicht stand ich auch noch unter Schock und sah Sternchen.

Eine gefühlte Ewigkeit lang sagte keiner von uns ein Wort, und wir verharrten, wie wir waren: er auf dem Rücken, meine Arme gepackt, und ich aufgestützt auf seiner Brust. Offenbar war er selbst auch überrumpelt, denn er blickte mir vollkommen irritiert in die Augen.

Irgendetwas faszinierte mich an ihm. Je länger ich ihn ansah, desto mehr verstärkte sich das kribbelnde Ziehen in meiner Magengegend.

Dann stützte er sich auf seinen Ellenbogen auf und drückte uns beide in eine waagerechte Position. Dabei hielt er mich weiterhin an meinen Oberarmen fest und blickte mich so intensiv an, dass ich nichts anderes um mich herum mehr wahrnehmen konnte.

Wie mechanisch glitten seine Hände dann an meinen Armen entlang zu meinem Gesicht hoch und hielten es ganz sanft umschlossen. Er zog mich zu sich heran, und schon spürte ich seine warmen Lippen auf meinen.

Ich war so damit beschäftigt, meinen heftigen Gefühlen ausgesetzt zu sein, dass ich keine Zeit hatte, ihn von mir zu stoßen. Immerhin war das ziemlich frech, mich einfach zu küssen. Ich war zwar in ihn hineingerannt, aber das war keine Einladung gewesen.

In meinem ganzen Leben hatte ich allerdings noch niemals so gefühlt wie in diesem Moment.

Eine Woge wohliger Hitze floss durch meinen ganzen Körper und erfüllte mich mit einer Glückseligkeit, wie ich sie noch nie erlebt hatte. Meine Haut kribbelte überall und ganz besonders an den Lippen, die er leidenschaftlich küsste.

Dann endete der Kuss so abrupt, wie er begonnen hatte. Dem Typ war offensichtlich eingefallen, dass es nicht ganz der Normalität entsprach, wildfremde Frauen im Wald zu küssen.

Er blickte mich erschrocken an und zog seine Hände, die immer noch auf meinem Gesicht gelegen hatten, zurück.

„Oh mein Gott, es tut mir so leid. Ich weiß gar nicht, was über mich gekommen ist. Normalerweise mache ich so etwas nicht."

Seine Stimme klang so verdammt vertraut, obwohl ich ihm bisher nie begegnet war.

Ich war noch total benebelt von dem Kuss und musste meine Gedanken erst einmal sortieren.

Dann stammelte ich eher unverständlich, dass es mir leid täte, dass ich ihn umgerannt hatte.

Doch das wehrte er ab, als wäre es nichts gewesen. Er half mir hoch, und ich bemerkte, dass ich mich trotz der Hitze und meines anstrengenden Sprints total fit fühlte. Mir war nicht mehr zu heiß, mein Gesicht glühte nicht mehr, und die Haut fühlte sich wie frisch nach dem Duschen an.

Ich spürte eine Kraft und Energie in mir, wie ich sie bisher nie gespürt hatte.

„Geht es dir auch wirklich gut? Immerhin war das ein heftiger Sturz. Vielleicht hast du eine Gehirnerschütterung!?"

Er blickte mich sorgenvoll an. Ich musste grinsen, weil ich das so süß fand und weil die ganze Situation mich einfach überforderte. Am Rande meines Bewusstseins bemerkte ich, dass ich schmerzfrei grinsen konnte.

Meine Lippe, die dem hinterlistigen Katzentier zum Opfer gefallen war, tat nicht mehr weh.

Automatisch fühlte ich an den Kratzer an meiner Oberlippe, doch ich konnte nichts mehr fühlen. Ich sog erschrocken die Luft ein, und mein kussfreudiger Freund, der mich immer noch sorgenvoll ansah, trat einen Schritt auf mich zu. Offenbar hatte er Angst, dass ich ohnmächtig wurde oder so.

„Der Kratzer ist weg. Eine Katze hat mich heute gekratzt, und ich hatte einen ziemlich großen Kratzer auf der Oberlippe."

Einen Moment lang sah er mich abwägend an. Dann kam er noch einen Schritt auf mich zu, woraufhin ich zurücktrat. Das Letzte, was ich jetzt gebrauchen konnte, war jemand, der mich für verrückt hielt.

Als er nichts mehr sagte, hatte ich den Impuls, einfach davonzulaufen. Das war alles einfach viel zu viel für mich und höchstwahrscheinlich nicht mal real. Bestimmt lag ich irgendwo mit einer Gehirnerschütterung und hatte mir das alles nur eingebildet.

Ich drehte mich auf dem Absatz herum und ging schnellen Schrittes davon.

„Hey, warte! Bitte lauf nicht davon, es gibt so vieles, was ich dich fragen möchte."

Mit diesen Worten lief mir der Typ mit den leuchtend blauen Augen hinterher. Er erreichte mich in wenigen Sekunden und trat mir in den Weg.

„Warte, bitte. Auf deiner Lippe ist tatsächlich kein Kratzer. Bist du dir ganz sicher, dass er nicht vielleicht bereits verheilt war?"

Mit einem genervten Schnauben verschränkte ich meine Arme vor der Brust.

„Natürlich bin ich mir sicher, dass der Kratzer noch nicht verheilt war. Die Katze hat mich ja vor wenigen Stunden erst gekratzt, und das nicht gerade leicht."

Meine Worte waren schnippischer herausgesprudelt, als ich es wollte. Ich wusste selbst, wie verrückt das alles klang, doch ich war mir zu hundert Prozent sicher, dass meine Verletzung wie von Zauberhand geheilt war.

„Hör zu, ich weiß selbst, wie verrückt das klingt. Vergiss es einfach und lass mich vorbei. Ich will jetzt einfach meine Ruhe haben."

Ich versuchte, mich an dem Kerl vorbeizudrängen, doch er griff wieder nach meinen Armen und hielt mich sanft, aber bestimmend fest.

„Ich werde dich gehen lassen, aber erst, nachdem du mir deine Kontaktdaten gegeben hast. Sag mir, wie ich dich erreichen kann, bitte. Das alles hier ist einfach zu heftig, um es vergessen zu können. Das ist auch keine blöde Anmache oder so. Ich möchte einfach die Möglichkeit haben, dich kontaktieren zu können, wenn wir über alles in Ruhe nachgedacht haben. Ich heiße übrigens Finn, und wie ist dein Name?"

Finn sah mich flehend an. Ohne groß darüber nachzudenken, und vielleicht auch, damit ich endlich weg konnte, nannte ich ihm meine Handynummer und meinen Namen.

„Alissa, was für ein schöner Name. Also, ich werde mich bei dir melden, okay?"

Ich nickte ihm nochmal zu und ging dann an ihm vorbei, ohne mich nochmal umzudrehen, aus dem Wald hinaus.

Den Rest des Tages verbrachte ich damit, mich zu fragen, ob ich das alles nur geträumt hatte. Das Gefühl der Verwirrung hielt sich auch noch bis in den nächsten Tag. Doch dann erhielt ich eine Nachricht von Finn. Er wollte sich unbedingt mit mir treffen, um etwas austesten zu können. Was genau das war, teilte er mir allerdings nicht mit.

Meine Neugier siegte schließlich, und ich machte mich am späten Nachmittag auf den Weg zu der Waldstelle, an der wir uns gestern begegnet waren. Finn wartete dort bereits ungeduldig auf mich. Seine blonden, mittellangen Haare sahen recht zerzaust aus. Er trug eine an den Knien zerrissene Jeans und ein schwarzes T-Shirt. Bereits gestern hatte er mich irgendwie in seinen Bann gezogen, und auch jetzt kam ich nicht umhin zu bemerken, wie gut er aussah.

„Da bist du ja. Ich dachte schon, du kommst vielleicht nicht.“

Finn kam mir einige Schritte entgegen und sah mich bei seinen Worten unsicher, aber auch erleichtert an.

Ich wollte direkt auf den Punkt kommen, da mich seine Nähe nervös machte, und fragte direkt heraus: „Du wolltest etwas ausprobieren?

Hat das etwas mit meinem verschwundenen Kratzer zu tun?"

Er nickte aufgeregt und nahm mich an der Hand. Er zog mich zu einem umgestürzten Baum und bedeutete mir, mich dort zu setzen.

Er selbst blieb stehen und fuhr sich mit der Hand durch die Haare. Das hatte er heute offensichtlich schon öfter getan, so wild wie seine Frisur aussah.

„Alissa, was ist, wenn uns unsere Berührung gestern stärker gemacht hat? Stärker und widerstandsfähiger? Ich hatte gestern so viel Energie, dass ich den ganzen Weg nach Hause gerannt bin und nicht mal außer Atem war. Deine Wunde an der Lippe ist geheilt. Wer weiß, was das noch alles gebracht hat."

Aufgeregt blickte Finn mich an, und die Gedanken in meinem Kopf fingen an zu rasen. Das war doch verrückt. Ich löste meinen Blick von ihm und versuchte, mich zu sammeln, doch er ließ mir keine Zeit und redete direkt weiter auf mich ein.

„Wir müssen das ausprobieren, damit wir Gewissheit haben. Unerklärlich bleibt es wohl so oder so, aber dann haben wir wenigstens den Auslöser für unsere körperlichen Veränderungen."

Er zog ein Messer aus seiner Hosentasche und hielt es sich an die Handfläche. Bevor ich reagieren konnte, schnitt er sich so tief in die Hand, dass es sofort anfing zu bluten. Ich schnappte schockiert nach Luft, doch Finn verzog keine Miene.

Er setzte sich neben mich auf den Baum und hielt mir seine unverletzte Hand hin.

„Nimm meine Hand, dann sehen wir ja, ob sich meine Wunde schließt."

Zitternd nahm ich seine Hand entgegen, und wir hielten beide den Atem an. Doch es tat sich nichts. Finn starrte auf seine Schnittwunde, doch sie blieb und blutete auch noch weiter. Enttäuscht ließ er meine Hand los und runzelte die Stirn.

Ich kam mir etwas blöd vor, diesen Versuch überhaupt gestartet zu haben. Immerhin war ich keine drei Jahre alt mehr und glaubte auch nicht an Zauberei.

Finn murmelte: „Was haben wir denn gestern anders gemacht …", vor sich hin. Offenbar hielt er noch immer an der Theorie der Wunderheilung fest.

Dann drehte er sich mit einem Mal zu mir herum und küsste mich schon wieder. Genau wie gestern überfielen mich derart intensive Gefühle, dass sich jeder Gedanke in meinem Kopf verflüchtigte.

Finn küsste mich leidenschaftlich, langsam und behutsam. Ich ließ mich vollkommen fallen und legte ihm meine Hände um seinen Hals. Dieses Gefühl war so unbeschreiblich. Alles in mir kribbelte, und mir wurde wieder so wohlig warm.

Nach einer gefühlten Ewigkeit lösten wir uns atemlos voneinander. Finn legte noch einen Moment lang seine Stirn gegen meine und lächelte mich liebevoll an.

Ich musste mich erst mal neu orientieren und wusste im ersten Moment noch nicht einmal, wo ich eigentlich war.

„Alissa ..."

Finn sprach meinen Namen so schockiert aus, dass ich alarmiert zu ihm rübersah. Er starrte mit offenem Mund auf seine Handfläche.

Ich sah ebenfalls hinunter und weitete vor Schreck meine Augen. Seine Schnittwunde war weg.

Wir blieben zwar in Kontakt, hatten uns nach der zweiten Wunderheilung allerdings nicht wieder getroffen. Finn hatte mir per SMS geschrieben, dass wir am besten mal nach ähnlichen Vorkommnissen recherchieren sollten. Vielleicht gab es so etwas ja schon mal.

Ich setzte mich also an einem Samstagabend an den Laptop und suchte nach „Wunderheilung" und „Heilung durch Berührung". Allerdings fand ich nur endlose Artikel von irgendwelchen spirituellen Lehrern oder manuellen Therapieformen. Entmutigt stützte ich meinen Kopf in die Handflächen. Wonach sollte man suchen, wenn man selbst nicht mal sicher war, was genau passiert war?

Dann kam mir der Gedanke, mal die lokalen Nachrichten nach rätselhaften Heilungen durchzusuchen. Ich gab also unsere Stadt in das Suchfeld ein und schrieb dahinter: Wunderheilung. Tatsächlich kamen direkt einige Artikel zu diesem Thema.

Vor ungefähr dreißig Jahren hatte eine Frau berichtet, dass sie auf wundersame Weise von ihrem Krebsleiden geheilt wurde. Die Ärzte hatten sie bereits aufgegeben. In dem Artikel stand, dass sie während der Krankheit einen Mann kennengelernt hatte, in den sie sich verliebte. Die Frau gab an, dass dieser Mann ihr viel Kraft gegeben hatte, und je näher sie ihm gekommen war, desto besser hatte sie sich gefühlt.

In einem weiteren Artikel wurde über einen Autounfall berichtet. Eine Frau sei schwer verletzt worden. Ein Passant hatte erste Hilfe geleistet. Er hatte die Frau mit Mund-zu-Mund-Beatmung reanimiert. Später gab er an, dass sie eine stark blutende Kopfwunde gehabt und ihr Bein offensichtlich gebrochen gewesen sei. Doch nach der Beatmung kam sie nicht nur wieder zu Bewusstsein, ihre Verletzungen waren auch vollständig geheilt.

Fasziniert vertiefte ich mich immer weiter in die lokalen Artikel und bemerkte nicht, dass mein Vater hinter mich getreten war. Als er mit mir sprach, zuckte ich erschrocken zusammen und hätte beinahe mein Wasserglas umgestoßen.

„Kannst du mir mal verraten, was genau du dir da anschaust?"

Etwas an seiner Stimme irritierte mich. Sie klang härter als sonst. Normalerweise war mein Vater immer ruhig, und seine Stimme klang meist monoton. Doch jetzt hatte sie einen alarmierend schrillen Unterton.

„Ach, ich schaue mir nur ein wenig Stadtgeschichte an."

Ich wollte ihm nichts von meiner Begegnung mit Finn erzählen und schon gar nicht von der Wunderheilung. Mein Vater erklärte mir, dass die Artikel allesamt Humbug seien und die Leute, die so etwas erzählten, seiner Meinung nach in eine geschlossene Anstalt gehörten. Dann trat er an mir vorbei und ging wieder in sein Arbeitszimmer.

Kopfschüttelnd klappte ich den Laptop zu.

Finn hatte ebenfalls einige Artikel in den Stadtarchiven gefunden, die über rätselhafte Heilungen berichteten. Er hatte mir gesagt, ich solle in die Redington Road kommen und ihn dort treffen. In dieser Straße wohnte eine ältere Dame, die Finn in einem der Artikel gefunden hatte. Er war ganz aufgeregt gewesen, dass sie noch lebte. Die meisten Personen, die so etwas berichtet hatten, waren bereits tot. Aktuelle Berichte gab es nicht.

Wir trafen uns also an einem späten Nachmittag vor dem Haus der besagten Dame. Es hatte einen hübschen Vorgarten mit vielen Blumen und Windlichtern. Ein Windspiel hing an der Veranda und erzeugte leise Melodien. Wir traten vor die Tür und sahen uns zweifelnd an.

„Was sollen wir denn sagen? Wir können sie doch nicht einfach auf den Vorfall aus ihrer Jugendzeit ansprechen, oder?“

Ich hatte Finn meine Gedanken flüsternd mitgeteilt. Er zuckte nur mit den Schultern und drückte auf die Klingel.

Wenige Minuten später saßen wir an einem runden, mit Spitzendeckchen geschmückten Esstisch und tranken Tee. Es hatte keine großartigen Erklärungen gebraucht, um hereingebeten zu werden. Unsere freundliche Gastgeberin servierte uns selbst gebackene Kekse, als hätte sie uns erwartet.

Wir entschuldigten uns, dass wir sie so unangekündigt überfielen, doch sie winkte ab.

„Eine alte Frau wie ich ist über jeden Besuch dankbar."

Sie lächelte uns freundlich an und setzte sich schwerfällig uns gegenüber an den Tisch.

Ich nippte an meinem Tee und überlegte fieberhaft, wie wir das Gespräch auf den Artikel vor über vierzig Jahren lenken konnten. Doch die alte Dame kam uns zuvor und gab uns eine Vorlage.

„Aber jetzt erzählt mir doch mal, warum zwei so junge Menschen wie ihr Tee mit einer alten Schachtel trinken wollt. Da gibt es doch bestimmt einen besonderen Grund für."

Nach ihren Worten lachte sie herzlich auf. Finn stellte seine Teetasse ab und atmete einmal tief durch. Dann sah er sie durchdringlich an.

„Wir haben einen Artikel aus den Achtzigerjahren gefunden. In dem Artikel wurde von einer wundersamen Heilung berichtet. Können Sie uns etwas darüber erzählen? Erinnern Sie sich noch daran?"

Die alte Dame, Rose war ihr Name, sah uns einige Sekunden lang schweigend und ernst an. Dann stand sie auf und trat an ihr Fenster. Sie blickte hinaus, als würde sie dort in die Vergangenheit sehen können.

„Wieso wollt ihr das wissen?"

Rose blieb mit dem Rücken zu uns am Fenster stehen und wartete unsere Antwort ab.

„Uns ist etwas Ähnliches passiert. Wir möchten erfahren, was mit uns los ist, und haben recherchiert, ob so etwas schon einmal passiert ist. Dann sind wir auf den Artikel gestoßen."

Finn hatte sich dafür entschieden, ganz ehrlich zu sein. Anders würden wir sicherlich nicht an unsere Antworten kommen.

Rose drehte sich wieder zu uns herum. Sie blickte uns erstaunt und fast schon ein wenig panisch an.

„Ihr dürft mit niemandem darüber sprechen, hört ihr? Das ist ganz wichtig. Niemand darf erfahren, was euch passiert ist."

Ich bekam eine Gänsehaut. Wir hatten instinktiv mit niemandem gesprochen, doch ihre Reaktion bestätigte mir, dass es da wirklich etwas gab. Dass alles real war.

„Rose, bitte sagen Sie uns, warum unsere Wunden heilen, wenn wir uns küssen. Wir werden mit niemandem darüber sprechen. Das würde uns ohnehin niemand glauben."

Finn lächelte Rose an, doch sie schüttelte heftig den Kopf und trat wieder an den Tisch. Sie hielt sich an ihrer Stuhllehne fest und war offenbar zu aufgebracht, um sich wieder zu setzen.

„Oh, es gibt mehr Menschen, die darüber Bescheid wissen, als ihr denkt. Deshalb ist es auch so wichtig, dass ihr mit niemandem redet. Auch nicht mit euren Eltern. Sie werden alles dafür tun, um euch zu trennen. Sie gehen sogar so weit, einen von euch zu verschleppen, damit so viele Kilometer zwischen euch liegen wie nur möglich ist. Ich wage zu behaupten, dass sie vielleicht sogar noch weiter gehen würden.“

Ein tiefsitzender Schmerz lag in Roses Augen, und sie hielt die Stuhllehne so verkrampft fest, dass ihre Fingerknöchel weiß hervortraten.

Ich hielt es nicht mehr aus und sprang auf. Die ganze Situation war so surreal, dass ich mir nicht sicher war, ob ich das alles träumte.

„Das ist doch Irrsinn. So etwas kann es doch gar nicht geben. Wir haben uns das alles vielleicht nur eingebildet, Finn. Komm, lass uns gehen.“

Ich war so verzweifelt, dass mir Tränen in die Augen traten. Finn stand auf und nahm mich vorsichtig in seine Arme. Als ich seinen Geruch einatmete, beruhigte ich mich etwas. Ich ließ zu, dass er mich festhielt und mir sanft über den Rücken streichelte.

Rose wartete, bis ich mich beruhigt hatte. Dann trat sie zu uns und

legte uns ihre Hände auf die Schultern.

„Kommt, ihr beiden. Ich werde euch alles erzählen, aber jetzt setzen wir uns erstmal ins Wohnzimmer auf die Couch."

Schweigend gingen wir die Redington Road hinunter. Die Dämmerung war bereits angebrochen, und die Dunkelheit schluckte nach und nach das Tageslicht.

Über vier Stunden waren wir bei Rose gewesen. Sie hatte uns alles erzählt.

Das, was Finn und mich verband, existierte bereits seit Jahrhunderten, wenn nicht sogar schon immer. Die Stadt, in der wir wohnten, besaß eine Geschichte, die sie streng geheim hielt. Nur wenige wussten davon. Nur wenige wussten, dass es Blutlinien gab, die Kräfte besaßen. Doch für sich allein entfalteten sich diese Kräfte nicht. Nur wenn zwei Menschen aus verschiedenen Familien, die beide dieser Blutlinien entstammten, aufeinandertrafen und sich verbanden, wuchsen ihre Kräfte. Sie wurden sehr mächtig und konnten sich gegenseitig heilen.

Rose hatte erzählt, dass es seit Anbeginn der Menschheit verschiedene Blutlinien gab, die zu den Beschützern der Erde auserkoren waren. Sie lebten als ein Volk zusammen und waren somit stark genug, um Gefahren abzuwehren und die Menschen zu beschützen.

Doch einige Menschen fürchteten diese Macht. Sie fürchteten sie oder waren neidisch, weil sie nicht zu den Erdschützern gehörten – so nannte man das Volk.

Diese Menschen taten sich zusammen und trennten die Erdschützer. Sie verschleppten sie, wenn sie allein und somit machtlos waren.

Sie wollten sie so weit voneinander entfernt wissen, dass keiner von ihnen mehr über Macht verfügte.

Das Volk der Erdschützer wurde bald über das ganze Land verteilt oder gar ausgelöscht. Ermordet von jenen, die stets all das vernichten wollten, was mächtiger war als sie selbst.

Mit den Jahrzehnten vergaßen die Erdschützer, was sie waren, und lebten wie normale Menschen. Doch ab und zu trafen sie aufeinander und spürten das starke Band, das sie verband. Zusammen besaßen sie Macht, und da sie nichts von ihrer Aufgabe wussten, versteckten sie sich nicht. Durch Vorkommnisse wie die Wunderheilungen wurden sie entdeckt, getrennt oder sogar vernichtet.

Rose war ebenfalls eine Erdschützerin. Als sie dreißig Jahre alt war, hatte sie ein Mitglied ihres Volkes getroffen. Mit ihrer besten Freundin verband sie ein sehr starkes Band, und zusammen waren sie äußerst mächtig. Eines Tages waren sie die Ersten an einem Unfallort gewesen. Eine Frau lag eingequetscht unter einem Auto. Rose und ihre Freundin hatten versucht, das Auto anzuheben – und es tatsächlich fast mühelos geschafft.

Ihre Heldentat ging durch die Presse, und so wurden die Nachfahren jener Menschen, die immer noch alles dafür taten, um die Erdschützer zu trennen, auf sie aufmerksam. Eines Tages verschwand Roses Freundin spurlos.

Rose hatte Jahre damit verbracht, nach ihr zu suchen. Schließlich hatte sie etwas zwischen ihren Sachen entdeckt. Roses Freundin führte Tagebuch und hielt darin alle ihre Gedanken und Erlebnisse fest. Sie hatte nie mit Rose darüber gesprochen, doch sie wusste, was sie war. Durch die Tagebucheinträge erfuhr Rose alles über die Erdschützer.

Nun wussten auch Finn und ich um dieses Geheimnis. Ich schlang meine Arme um mich, als die Dunkelheit immer näher kam. Finn begleitete mich nach Hause. Kurz bevor wir um die Ecke in meine Straße einbogen, hielt ich ihn auf.

„Wir verabschieden uns besser hier schon. Meine Eltern sollten erst gar nichts von dir erfahren. Mein Vater war so seltsam, als er bemerkte, was ich im Internet recherchiert habe. Vielleicht wissen sie Bescheid.“

Mein Vater oder meine Mutter mussten Nachfahren der Erdschützer sein, ob sie es nun wussten oder nicht. Finn nickte mir resigniert zu und
umarmte mich flüchtig. Dann zog er mit hängen-
den Schultern davon.

Finn und ich hatten uns in den letzten Wochen
ab und zu im Wald getroffen. Doch keiner von
uns wusste so recht, wie es weitergehen sollte.
Wir hatten Angst, unsere Beziehung öffentlich zu
machen. Wenn es irgendeinen Vorfall gäbe, wäre
das Risiko zu groß, dass man hinter unsere Verbindung kam. Also trafen wir uns weiter heim-
lich und hofften auf ein Wunder.

Da bald Weihnachten war, ging ich mit meiner
Mutter in die Stadt, um Besorgungen für das Fest
zu machen. Eigentlich liebte ich Weihnachten,
doch in diesem Jahr konnte ich mich nicht so
recht darauf freuen. Dementsprechend halbher-
zig war ich bei der Sache, doch meine Mutter
nahm meinen Gemütszustand hin. Sie umging
ernste Gespräche und Diskussionen grundsätzlich. Dafür war mein Vater zuständig.

Als wir gerade in einen Dekoladen gehen wollten, entdeckte ich Finn auf der anderen Straßen-
seite. Er hatte mich ebenfalls gesehen, und wir sahen uns an. In diesem Moment konnte ich einfach
nicht so tun, als würden wir uns nicht kennen.
Das wäre mir so schäbig vorgekommen.

Finn bedeutete mir viel, und ich würde meine Gefühle verraten, wenn ich mich einfach weggedreht hätte. Also atmete ich einmal tief durch und trat entschlossen auf die Straße.

Es war mir mit einem Mal völlig egal, dass meine Mutter etwas von unserer Beziehung mitbekommen würde. Ich war es einfach leid, mein Glück nicht leben zu können.

Meine Gedanken hatten mich so sehr in Beschlag genommen, dass ich das Auto erst bemerkte, als es bereits zu spät war. Ich hatte nicht auf den Verkehr geachtet, als ich entschlossen auf die Straße getreten war, um zu Finn zu gehen. Der Autofahrer konnte nicht mehr bremsen und erfasste mich.

Ich wurde ein Stück durch die Luft geschleudert und landete dann unsanft auf dem Asphalt. Weit entfernt hörte ich meine Mutter schreien. Alles drang wie durch einen Nebel zu mir. Mein Kopf war hart aufgeschlagen, und im ersten Moment konnte ich nur noch Sternchen sehen.

Als sich meine Sicht langsam wieder klärte, sah ich direkt in Finns Augen. Er hatte sich über mich gebeugt und redete panisch auf mich ein. Doch ich konnte seine Worte kaum verstehen. Es dauerte eine Zeit, bis die Stimmen und deren Bedeutung wieder in mein Bewusstsein drangen.

Ich hörte meine Mutter neben mir weinen und immer wieder meinen Namen sagen.

Doch Finn nahm meine ganze Aufmerksamkeit ein. Wenn das hier mein Ende war, wollte ich sein Gesicht als Letztes gesehen haben, bevor ich die Augen schloss.

Finn nahm mein Gesicht in seine Hände.

„Ich kann dir helfen, Alissa. Bitte halte durch, deine Schmerzen werden gleich vorbei sein."

Dann beugte er sich zu mir herunter. Doch ich wartete vergeblich auf seinen heilenden Kuss, denn meine Mutter zog ihn blitzschnell zurück.

„Das darfst du nicht tun. So werden sie euch finden und nicht ruhen, bis sie euch auseinandergetrieben haben. Oder Schlimmeres."

Die Stimme meiner Mutter war kaum mehr als ein eisernes Flüstern. Es hatte sich mittlerweile eine Menschentraube um mich herum versammelt. Doch sie sprach so leise, dass nur Finn und ich sie hören konnten. Die Gewissheit, dass meine Mutter über die Erdschützer Bescheid wusste, drang langsam in meinen Verstand. Finn hielt noch immer mein Gesicht in seinen Händen, doch er blickte meine Mutter erstaunt an.

„Lass sie ins Krankenhaus fahren und von den Ärzten versorgen. Wenn sie nicht lebensgefährlich verletzt ist, warte noch. Du kannst sie immer noch heilen. Doch ihr dürft keinen Verdacht auf euch lenken."

Finn blickte sie noch einen Moment lang an und nickte dann langsam.

Alles ging ganz schnell. Ich bekam nur halb mit, wie ich auf eine Trage gehoben und in einen Wagen geschoben wurde. Im Rettungswagen verlor ich dann letztendlich das Bewusstsein.

Ich war nicht lebensgefährlich verletzt. Es war nicht einmal etwas gebrochen.

Mehrere Prellungen und Schürfwunden zierten meine linke Seite, und ich hatte eine Gehirnerschütterung. Das konnte man wohl Glück im Unglück nennen.

Finn saß an meinem Bett, als ich aufwachte. Er hielt sanft meine Hand.

Ich fragte mich im Nachhinein, ob seine Berührungen dazu geführt hatten, dass ich nur leicht verletzt war. Im Wald hatten wir ja bereits herausgefunden, dass Wunden nicht direkt heilten, wenn wir uns nur berührten. Es war unser Kuss, der die Verletzungen ganz verschwinden ließ. Doch vielleicht hatte die bloße Berührung bereits etwas bewirkt.

Finn sah mich liebevoll an.

„Ich habe mich lange mit deiner Mum unterhalten. Sie weiß durch deinen Vater von den Erdschützern. Er gehört zu den Familien, die seit

Generationen alles dafür tun, damit wir nicht an Macht gewinnen. Als deine Mutter klein war, hatte sie eine Freundin, zu der sie eine starke Verbindung hatte. Wenn sie sich berührten, waren sie stark und konnten so gut wie alles anheben und stemmen. Niemand erfuhr davon, es blieb ihr Geheimnis. Erst durch die Erzählungen deines Vaters wurde ihr bewusst, dass sie ebenfalls eine Erdschützerin ist. Sie hat sich ihm instinktiv nie offenbart. Als ich dich küssen und somit heilen wollte, wurde ihr klar, dass wir diese Verbindung teilen."

Finn strich mir sanft eine Strähne aus dem Gesicht.

Er erzählte mir, dass meine Mutter von anderen Erdschützern wusste, die sich gefunden hatten. Sie lebten zusammen und verbargen sich vorerst. Doch sie suchten nach ihresgleichen und wollten ihr Volk, das fast in Vergessenheit geraten war, wieder vereinen. Sie wollten im Stillen die Erde und die Menschen beschützen und Aufklärungsarbeit leisten.

Meine Mutter hatte Finn geraten, mit mir dorthin zu gehen. Hier würden wir niemals ein sicheres Leben führen können. Wir mussten unserer Bestimmung nachkommen.

Obwohl meine Mutter ebenfalls zu unserem Volk gehörte, wollte sie bei meinem Vater bleiben. Trotz allem liebte sie ihn.

Doch ich wollte gehen und meiner Bestimmung folgen.

Meine Mutter brachte es tatsächlich fertig, meinen Vater davon zu überzeugen, dass ich ein Jahr um die Welt reisen und meine Erfahrungen sammeln sollte.

Als meine Verletzungen vollständig geheilt waren, brachen Finn und ich also auf.

Wir brachen auf, um unser Volk zu finden.

ZAUBERHAFTE WELT

„Also, jetzt ist es aber genug, Mia. Aus dir wird niemals etwas werden, wenn du dir weiter solch einen Unsinn ausdenkst.“

Der Vater schüttelte genervt den Kopf und widmete sich wieder seiner Zeitung. Er hielt sie sich aufgeschlagen vors Gesicht. Damit signalisierte er ihr, dass jegliche Art der Kommunikation zwischen ihnen beiden nun beendet war und er vor allem keine Widerworte hören wollte.

Mia blickte wieder hinunter auf ihren Teller, in dem nur noch ein paar einsame Buchstabennudeln herumschwammen. Sie nahm ihren Löffel und rührte so lange damit auf ihrem Teller herum, bis ein kleiner Strudel entstand. Die winzigen Buchstaben schwammen wild im Kreis und verteilten sich in alle Richtungen, wenn der Strudel langsamer wurde. Hunger hatte sie jetzt eigentlich keinen mehr.

Sie hatte ihrem Vater voller Begeisterung erzählt, dass sie heute Morgen Wolken in Form von

Blumen gesehen hatte. Eine Wolke hatte die Form einer Sonnenblume angenommen, und eine andere die einer Rose. Mia hatte minutenlang in den Himmel gestarrt und das Schauspiel fasziniert beobachtet. Sie wollte ihren Vater fragen, wie solche Wolkenbilder entstanden und ob sie alle möglichen Formen annehmen konnten. Damit hatte sie ihn wohl verärgert. Das passierte Mia sehr oft, doch nur in den seltensten Fällen verstand sie den Grund dafür.

Die Blumenwolken hatte sie definitiv am Himmel gesehen. Das hatte sie sich nicht eingebildet. Vielleicht hatte ihr Vater bisher einfach noch nie solche Wolken gesehen und glaubte ihr deshalb nicht. Sie überlegte gerade, ihm vorzuschlagen, ob er später noch einmal mit ihr rausgehen und sich den Himmel anschauen würde. Doch dann traute sie sich doch nicht.

Also blieb sie still und rührte leise weiter in dem Buchstabenmeer auf ihrem Teller herum. Die einzigen Geräusche waren das Ticken der Wanduhr und das Knistern der Zeitung in der Hand ihres Vaters. Die Wanduhr, die direkt über der Küchentür hing, hatte die Form einer Muschel.

Mias Mutter hatte sie einmal in einem kleinen Ramschladen an der Nordsee entdeckt. Sie kaufte sie, trotz der missbilligenden Blicke des Vaters.

Er war der Meinung gewesen, dass man solch einen unnützen Kram nicht gebrauchen konnte und es nur zusätzlicher Ballast im Haushalt sei. Doch Mias Mutter setzte sich durch, und genau wie sie erfreute sich Mia ebenfalls an der hübschen Uhr. Wenn man sich an etwas erfreuen konnte, war es dann unnütz?

Jeden Morgen beim Frühstück zubereiten, blickte Mias Mutter auf die Uhr und lächelte, weil sie ihr so gefiel. Die Muscheluhr hing nach wie vor in der Küche, direkt über der Tür. Obwohl ihr Vater sie nie mochte, ließ er sie dort hängen. Nach dem Tod der Mutter hätte er sie abhängen können. Doch genau wie die Uhr blieb auch der Rest der Wohnung so, wie er war.

Es befanden sich unzählige Gegenstände in der Wohnung, die Mias Vater stets ausschließlich für Staubfänger gehalten hatte. Doch alles blieb, wie es war – trotz oder gerade wegen des schmerzlichen Verlustes der Mutter und Ehefrau. Sie war zur falschen Zeit am falschen Ort gewesen.

Ein betrunkener Autofahrer hatte die Kontrolle über sein Fahrzeug verloren. Er war ins Schleudern geraten und in die Bushaltestelle gekracht, an der Mias Mutter stand. Es war alles viel zu schnell gegangen, sodass keine Möglichkeit mehr bestand zu reagieren. Sie starb noch an der Unfallstelle.

Das war jetzt vier Jahre her, und die Muscheluhr tickte beständig weiter an der Wand.

Mias Vater legte seine Zeitung zur Seite und stellte seinen Teller in die Spüle. An den Wochenenden zog er sich nach dem Mittagessen immer ins Wohnzimmer zurück, um seine Sportshow anzusehen. Er verließ die Küche, ohne Mia eines weiteren Blickes zu würdigen, und ließ sie mit ihren Gedanken an die Wolkenbilder allein zurück.

Nach dem Mittagessen war Mia wieder hinausgegangen. Sie lief, vor sich hin summend, über die Wiese, die an den kleinen Wald direkt hinter ihrem Zuhause angrenzte.

Die Sonne schien hell, und Mia entdeckte nur wenige Wolken am Himmel. Obwohl sie ein wenig enttäuscht war, weil sie ohne Wolken auch keine Wolkenbilder sehen konnte, erfreute sie sich an dem strahlenden Blau des Himmels.

Auf diese Wiese war sie früher immer mit ihrer Mutter zum Blumenpflücken gegangen. Einmal hatten sie einen wunderschönen Kranz aus Gänseblümchen gebastelt, den Mia den ganzen Tag getragen hatte. Die Gänseblümchen blühten Mia auch diesmal wieder entgegen.

Gedankenverloren betrachtete sie die wunderschönen Blumen, als ein Schmetterling direkt vor ihrem Gesicht herumflatterte. Er huschte aufgeregt hin und her, als wollte er Mia etwas sagen.

Dann flog er mehrmals fort und wieder zurück zu ihrem Gesicht.

Mia ging einige Schritte hinter ihm her, als er sich entfernte, und sogleich flog er weiter davon. Der Schmetterling wollte, dass Mia ihm folgte.

Sie musste rennen, um hinter ihm herzukommen. Er flog direkt in den Wald hinein und immer weiter zwischen die dichten Bäume hindurch. Mia hechtete hinter ihm her, ohne ihn aus den Augen zu lassen. Der Boden wurde immer weicher, und die Bäume standen so dicht beieinander, dass kaum Tageslicht mehr hindurchkam.

Als sie aus der Puste kam und in Erwägung zog, aufzugeben und den Schmetterling fliegen zu lassen, hielt er unvermittelt an. Mia stand an einem kleinen Abhang, und der Schmetterling flog nach unten. Sie blickte ihm nach und entdeckte ein junges Reh, das sich in einer Art Netz verfangen hatte. Es sah aus wie ein Fischernetz.

Mia hielt sich nicht mit der Frage auf, wie ein Fischernetz hierhergekommen sein könnte, sondern kletterte ganz langsam zu dem Reh herunter. Es zappelte heftig, doch seine Beine waren so in dem Netz verwickelt, dass es nicht davonlaufen konnte.

Mia hockte sich hin und redete beruhigend auf das Reh ein. Dann fing sie ganz langsam an, das

Netz abzuwickeln. Mit der Zeit hielt das Reh still und ließ Mia gewähren. Es dauerte nicht lange, und Mia hatte das Netz entfernt. Sie stand auf und ging ein paar Schritte zurück, um dem Reh Raum zu lassen.

Das Reh erhob sich, blickte seine Retterin noch einmal an und rannte dann davon. Mia lächelte glücklich und freute sich, dass sie helfen konnte.

Der Schmetterling war noch da und flatterte Mia ein letztes Mal um den Kopf, bevor er ebenfalls davonflog. Noch immer erfüllt von Glück, kletterte Mia den Abhang wieder nach oben.

In diesem Teil des Waldes war sie bisher noch nie gewesen. Ihr war gar nicht klar gewesen, wie weit sie hinter dem Schmetterling hergerannt war. Tatsächlich wusste Mia nicht, wo sie war und in welche Richtung es nach Hause ging.

Sie drehte sich mehrmals im Kreis, doch nichts kam ihr bekannt vor. Hier gab es keinen Weg; sie befand sich mitten im tiefen Unterholz. Die aufkommende Panik unterdrückend, entschied sie sich für eine Richtung und lief los.

Nach einer Weile bemerkte sie, dass es langsam zu dämmern begann. Mia kamen die Tränen. Ihr Vater wusste nicht, wo sie hingelaufen war. Da er nie mit ihr nach draußen ging, kannte er die Stellen nicht, zu denen sie immer lief.

Er kannte weder die Wiese, noch wusste er von den Gänseblümchen.

Irgendwann wurde es so dunkel, dass Mia die Hand vor Augen nicht mehr sehen konnte. Im Dunklen würde sie den Weg aus dem Wald erst recht nicht finden. Schluchzend suchte sie sich einen Baum, an den sie sich niederließ. Sie rollte sich zusammen und versuchte einzuschlafen. Ein Uhu setzte sich über sie auf einen Ast und hielt Wache.

Dünne Streifen Sonnenlicht bahnten sich ihren Weg durch die dichten Baumkronen hindurch. Einige von ihnen fanden ihren Weg in Mias Gesicht und weckten sie sanft auf.

Mia streckte sich und brauchte einige Zeit, um sich zu orientieren. Dann wurde ihr wieder klar, dass sie sich verirrt hatte. Müde rieb sie sich den Schlaf aus den Augen und stapfte los. Mutlos lief sie einige Zeit lang vor sich hin. Der Wald sah verzaubert aus, durch die kleinen Sonnenstrahlen, die wie Fäden auf den Waldboden fielen.

Mia hatte Durst, und ihr Magen knurrte. Doch hier gab es kein Bächlein, und sie hatte zu viel Angst, irgendwelche Beeren von den Sträuchern zu essen. Dafür kannte sie sich zu wenig aus, was man essen konnte und was nicht.

Sie nahm sich vor, wenn sie es hier herausschaffen sollte, viele Bücher über den Wald und darüber, wie man in der Wildnis überleben konnte, zu lesen.

Mia hatte das Zeitgefühl verloren. War es bereits Mittag? Es fühlte sich so an, als laufe sie seit Stunden durch den Wald. Sie wollte gerade eine Pause machen, als sie etwas hörte. Es klang wie eine Stimme, die nach ihr rief.

Mia hörte ganz genau hin, und tatsächlich – jemand rief laut ihren Namen. Es hörte sich sogar wie die Stimme ihres Vaters an. Doch vielleicht bildete sie sich das nur ein. Die Stimme wurde immer lauter und kam näher. Mia sammelte ihre letzte Kraft und rief so laut sie konnte zurück:

„Ich bin hier!"

Es war tatsächlich ihr Vater, und er hatte sie gehört.

„Mia? Bleib, wo du bist, ich komme!"

Dann sah sie ihn und lief auf ihn zu. Erleichtert warf sie sich in seine Arme und ließ den Tränen freien Lauf. Ihr Vater hob sie hoch und drückte sie fest an sich. Er sprach beruhigend auf sie ein und trug sie aus dem Wald heraus.

Auf der Wiese mit den Gänseblümchen setzte er sie dann wieder ab, hockte sich vor sie und sah ihr ins Gesicht. Sie erkannte Sorge in seinem Blick.

„Geht es dir gut? Ich war die ganze Nacht auf den Beinen und hab dich gesucht. Was ist denn passiert?“

Mia schniefte einmal und erzählte ihrem Vater dann von dem Schmetterling, der sie in den Wald geführt hatte, um das Reh zu retten. Sie erzählte ihm, wie sie das Netz entfernt hatte und das Reh dann wieder frei war. Unter weiteren Tränen erzählte sie ihm schließlich, dass sie den Rückweg nicht mehr gefunden hatte.

Mias Vater seufzte resignierend.

„Ein Schmetterling hat dich zur Hilfe geholt? Ach, Mia…“

Anstatt zu schimpfen, drückte er sie jedoch fest an seine Brust. Dann nahm er sie bei der Hand, und sie liefen über die Wiese zurück nach Hause.

Mia blickte nach oben in den Himmel. Sie erkannte den Schmetterling und das Reh. Die Wolken hatten ihre Form angenommen, wie um ihr zu danken.

Sie zupfte am Ärmel ihres Vaters und zeigte nach oben.

„Schau, da ist der Schmetterling, der mich geführt hat, und das Reh, das ich gerettet habe.“

Ihr Vater blickte in den Himmel. Er erkannte tatsächlich ein Reh und daneben einen Schmetterling.

Ob es die Übermüdung war, dass er diese Wolkenbilder sah, oder ob sie tatsächlich da waren, konnte er nicht sagen. Doch er lächelte seine Tochter glücklich an und sagte:

„Ja, ich kann sie sehen.“

Ende

Hinter

DER FELSWAND

Sie rannte.

Die Konturen der Bäume um sie herum verschwammen. Sie zogen an ihr vorbei wie schemenhafte Illusionen. Das Pochen ihres Herzens dröhnte laut in ihrem Kopf und tanzte mit dem Aufprall ihrer Füße auf dem Waldboden.

Die Nacht umfing sie wie eine alte Freundin und verbarg sie vor den Augen ihrer Verfolger. Sie war sich nicht mehr sicher, ob sie ihr überhaupt noch auf den Fersen waren, doch sie rannte weiter. Mit ihren schwarzen Haaren und dem schwarzen Umhang verschmolz sie mit der Dunkelheit.

Dann endlich tauchten die vertrauten Felsen vor ihr auf. Eine Felswand ragte hoch in den Himmel und baute sich resolut und scheinbar undurchdringlich in ihren Weg. Sie raste darauf zu und wurde eins mit dem Gestein. Die Felswand verschluckte sie und ließ jeden Verfolger ratlos zurück.

Der Felsen fühlte sich kalt auf ihrer Haut an, als sie sich von innen dagegen lehnte. Ihr Atem ging stoßweise, und sie rang um Fassung. Wieso konnten sie sie nicht einfach in Ruhe lassen? Die Menschen des Dorfes sahen es offenbar als ihre Pflicht an, das für sie so seltsame und wilde Mädchen aus dem Wald einzufangen.

Jeder, der nicht so war wie sie, wurde gejagt. Die Menschen konnten einfach nicht akzeptieren, dass sie hier glücklich war. Dass sie nicht so leben wollte wie sie in ihrem Dorf.

Noch immer um Atem ringend, ging das Mädchen mit den rabenschwarzen Haaren weiter durch den Felsen. Nach ein paar Schritten strahlte ihr ein helles Licht entgegen. Die hinabhängenden Äste einer Trauerweide lagen wie ein Vorhang vor der Felsöffnung. Sie schob sie zur Seite und trat hinaus in ihre Welt.

Ein Schwarm grasgrüner Schmetterlinge empfing sie und umschwirrte ihren ganzen Körper einmal. Sie riss die Arme hoch und bewegte sich im Einklang mit ihnen. Es sah aus wie ein kleiner Tanz. Der Boden war bedeckt von den weichen Blättern der Bäume, die ihr Sommerkleid abgestreift hatten, um in der aufkommenden, kalten Jahreszeit im neuen Glanz zu erstrahlen. Der Himmel schickte ein warmes, blassrotes Licht herab, welches der ganzen Atmosphäre einen gemütlichen Hauch verlieh.

„Fiona, warst du wieder hinter den Felsen?"

Ertappt blieb sie stehen. Sie brauchte sich nicht umzudrehen, um zu wissen, wer dort sprach.

„Es ist nichts passiert. Ich bin ja jetzt wieder hier."

Fiona wollte gerade weitergehen, doch sie hätte es besser wissen müssen. Die Hände des in die Jahre gekommenen, weißhaarigen Mannes schlossen sich um ihre Schultern. Er drehte sie sanft zu sich herum, und sie blickte in die weisen und noch immer strahlend blauen Augen ihres Großvaters.

„Fiona, die Menschen da draußen wissen nichts von unserer Welt hier. Sie verstehen nicht, was sie vor sich sehen. Deshalb jagen sie dich und werden dich festhalten, sobald sie dich kriegen."

Das Mädchen schüttelte in einer fließenden Bewegung die Hände ihres Großvaters ab und verdrehte theatralisch die Augen.

„Dazu müssen sie mich erstmal einfangen."

Blitzschnell lief Fiona mehrmals um ihren Großvater herum. Sie war wendig und geschickt. Die Augen des alten Mannes konnten ihren Bewegungen nicht folgen, doch er versuchte es auch gar nicht. Er seufzte tief und schüttelte den Kopf.

„Das ist kein Spiel. Es ist gefährlich."

Fiona blieb stehen und sah ihm ernst in die Augen.

„Nein, es ist kein Spiel, und genau deshalb muss ich dort auch rausgehen. Sie werden diesen Planeten noch zerstören. Jemand muss sie doch aufhalten. Wir können hier nicht tatenlos rumsitzen. Sie sollen endlich akzeptieren, dass wir ihnen nur helfen wollen. Dann hören sie vielleicht auch auf, uns zu jagen und lassen uns hier in Frieden leben."

Fiona stieg die Röte ins Gesicht, so aufgebracht war sie. Sie würde nie verstehen, wieso die Menschen so achtlos mit dem Leben umgingen. Wie wenig sie ihren Lebensraum achteten. Die Luft dort draußen, hinter den Felsen, war so schlecht, dass Fiona kaum atmen konnte. Sie spürte noch immer das Kratzen in ihrem Hals.

„Seit vielen Generationen versuchen wir, die Menschen zu belehren. Doch sie wollen es einfach nicht verstehen. Für sie gelten andere Prinzipien. Sie füllen ihr Leben mit Macht und Reichtum. Die Erde ist ihnen dabei egal und auch das, was sie hinterlassen. Die Menschen denken nur bis zu ihrem Tod und nicht darüber hinaus. Sie sind unbelehrbar."

In Fionas Innerem breitete sich Wut aus. Ihr Großvater hatte die Lage akzeptiert, doch sie würde nicht aufgeben.

„Ich werde um diesen Planeten kämpfen. Er braucht mich, und ich kann ihn nicht im Stich lassen."

Resigniert atmete der alte Mann aus und legte Fiona seine Hand an die Wange.

„Sei vorsichtig, Kind. Die Menschen sind Geschöpfe der Natur, so wie wir. Doch sie sind blind geworden und schlagen achtlos um sich."

Zärtlich nahm Fiona die Hand ihres Großvaters und drückte sie einmal. Dann lief sie weiter und ließ ihn zurück.

Sie ging entlang des glasklaren Flusses und genoss das leise Rauschen des Wassers. Sie liebte diesen Ort. Die großen Wälder mit den hellen Lichtungen, auf denen die schönsten Feste gefeiert wurden. Die weiten Wiesen, die sich bis in die Unendlichkeit hinzogen, wie es schien. Die liebevoll gestalteten Hütten, in denen sie und ihr Volk lebten.

Fiona liebte jedes Geschöpf, mit dem sie hier zusammenlebte. Von den fleißigen Ameisen, die ihr oft bei der Hausarbeit halfen, bis hin zu den bildschönen Pferden, die in ihrer Herde lebten. Sie kamen stets zuverlässig, wenn Fiona sie rief. Dann trugen sie das Mädchen auf ihrem Rücken, wohin auch immer sie wollte.

Es wäre ein Leichtes, hier zu bleiben und ein wunderschönes Leben zu führen. Doch Fiona zog es immer wieder hinaus in die harte Welt der Menschen. Sie suchte dort nach Verständnis. Wenigstens einer dieser Menschen musste ihr doch irgendwann einmal zuhören.

Fiona sah es als ihre Aufgabe im Leben, die Menschen aufzuklären. Ihnen zu zeigen, wie sie im Einklang mit ihrer Welt leben konnten. Damit sie aufhörten, den Planeten zu zerstören – und damit letztendlich sich selbst.

Sie hatte bereits eine beträchtliche Menge an Büchern geschrieben, die sie in der Menschenwelt verteilte. Die Bücher legte sie auf Bänke oder warf sie vor die Häuser der Menschen. Je mehr Bücher sie dort verteilte, desto größer war die Wahrscheinlichkeit, dass sie ein Umdenken anregen konnte.

Es brauchte eine gewisse Anzahl an Menschen, die es begriffen. Dann würde es wie ein Lauffeuer um sich greifen. Fiona glaubte fest daran, dass sie etwas erreichen konnte. Ihre Bemühungen glichen vielleicht nur einem kleinen Tropfen, der auf einem heißen Stein verpuffte. Doch der stete Tropfen höhlt den Stein.

Viele Monate später war Fiona wieder in der Menschenwelt, um dort ihre Geschichten zu verteilen.

Sie ging durch einen Park, in dessen Mitte ein großer Teich angelegt war. Die Größe des Teiches und dessen Form wirkten wie ausgeschnitten und dorthin platziert. Der Natur wurde kein Spielraum gegeben. Die Menschen mochten es offenbar widernatürlich und künstlich.

Die Gewässer in Fionas Welt waren wild und bewachsen. Viele Tiere konnten dort ein Zuhause finden. Auch hier lebten Tiere, doch es wirkte fast traurig, wie die wenigen Enten herumschwammen, als wüssten sie nichts mit sich anzufangen.

Fiona entdeckte mehrere Sitzbänke, die perfekt aufeinander abgestimmt um den Teich herumstanden.

Auf einer dieser Bänke saß ein Menschenjunge und las ein Buch. Als Fiona näher herantrat, bemerkte sie, dass der Junge ungefähr in ihrem Alter sein musste. Er war also eher ein junger Mann. Irgendetwas faszinierte Fiona an ihm, und sie ging langsam weiter auf ihn zu.

Dann stockte ihr der Atem, als sie sah, welches Buch er dort las. Es war eines von denen, die sie geschrieben und hier verteilt hatte.

Sie blieb unvermittelt stehen und starrte ihn an, unfähig wegzusehen. Es war ein seltsames Gefühl, mitzubekommen, dass jemand ihre Worte las. Fiona hatte insgeheim gehofft, dass ihre Bücher gelesen wurden, doch die Hoffnung in ihrem Herzen war von Tag zu Tag kleiner geworden.

Der junge Mann hatte offensichtlich ihren Blick gespürt, denn er sah auf und ihr direkt in die Augen. Einen Moment lang rührte sich keiner, doch dann schaute der Menschenjunge verlegen wieder weg. Fiona nahm all ihren Mut zusammen und ging zu ihm.

„Hallo, darf ich mich zu dir setzen?"

Etwas irritiert nickte er und machte ihr Platz. Fiona setzte sich und blickte auf den Teich. Nach einer Weile räusperte sie sich und drehte sich zu ihm.

„Wie ich sehe, liest du mein Buch."

Der Junge blickte von dem Buch in seiner Hand auf.

„Ich hab es hier auf der Parkbank gefunden. Gehört es dir?"

Fiona musste kichern. Er dachte, sie habe es hier vergessen und es gehöre ihr.

„Nein, ich hab es geschrieben und hierhin gelegt, damit ihr Men… ähm, ich meine, damit es jemand lesen kann."

Fiona wurde rot. Fast hätte sie sich verraten. Sie wollte nicht schon wieder von einem Menschenmob gejagt werden, weil sie anders war. Aus irgendeinem Grund wollte sie diesen Jungen hier nicht abschrecken, sondern sich mit ihm unterhalten. Da wäre es nicht hilfreich gewesen, wenn er von ihrer Herkunft wusste.

„Du hast das Buch geschrieben?"

Fiona nickte schüchtern. Doch in seinem Blick erkannte sie Anerkennung und Interesse. Sogleich stellte er ihr viele Fragen dazu und lauschte aufmerksam ihren Erläuterungen.

Als er alle seine Fragen gestellt hatte, lehnte er sich mit leuchtenden Augen zurück.

„Oh Mann, die Welt, die du beschreibst, ist bestimmt wunderschön."

Fiona hatte in ihrem Buch beschrieben, dass es durchaus möglich war, diesen Planeten wieder zu einem Ort zu machen, der ihrer Heimat ähnelte. Sie rang mit sich und schwieg eine Weile. Dann fasste sie all ihren Mut zusammen und blickte ihn entschlossen an.

„Willst du sie sehen?"

Als sie gemeinsam vor der Felswand standen, sah man Martin, so hieß der Menschenjunge, an, dass er Fiona nicht glaubte. Er war zwar mitgekommen, doch er wusste vermutlich selbst nicht, warum.

Als Fiona ihn an der Hand nahm und zielstrebig auf das mächtige Gestein losging, öffnete er den Mund, als wollte er protestieren. Doch ihm blieb keine Zeit dazu, denn in der nächsten Sekunde war er mit dem Felsen verschmolzen.

Nun blieb Martin der Mund offen stehen. Er ließ sich von Fiona immer weiterziehen, bis sie die Trauerweide erreichten. Die Welt dahinter offenbarte sich ihm.

Fiona ließ seine Hand los und sah ihn fragend an. Martin brachte jedoch kein Wort heraus, sondern starrte mit großen Augen und offenem Mund seine Umgebung an. Es dauerte eine ganze Weile, bis er sich wieder gefangen hatte. Fiona ließ ihm die Zeit – schließlich passiert es nicht jeden Tag, dass man in eine andere Welt eintaucht.

„Es ist wunderschön."

Mehr brachte Martin nicht heraus. Er lächelte Fiona liebevoll an.

Den ganzen Tag lang zeigte sie ihm all ihre Lieblingsstellen. Martin staunte über das Zusammenleben mit den Tieren in Fionas Welt. Wie frei sie waren und trotzdem bei Fiona und ihrem Volk bleiben wollten.

Ab und an begegneten ihnen einige Freunde und Bekannte von Fiona. Alle machten große Augen, weil ein Mensch hier war. Trotzdem begrüßten sie ihn sehr freundlich und aufgeschlossen.

Am Ende des Tages begleitete Fiona ihren neuen Freund wieder zur Felswand.

„Ich werde dir helfen, deine Botschaft hinaus in die Welt zu tragen. Heute war der schönste Tag in meinem Leben. Ich hätte niemals gedacht, dass es so einen Frieden geben könnte wie hier bei euch. Ich werde alles dafür tun, diesen Frieden auch in meine Welt zu tragen.“

Bei Martins Worten traten Fiona ein paar Tränen in die Augen. Auch Martin war sehr gerührt und umarmte Fiona herzlich.

Dann trat er hinaus, zurück in seine Welt.

Fiona blickte noch eine ganze Weile lang auf die Felswand. Sie hatte das Gefühl, dass sich mit dem heutigen Tag etwas Entscheidendes verändert hatte. Etwas, das diesen Planeten retten könnte. Sie spürte eine Hand auf ihrer Schulter und musste sich nicht umdrehen, um zu wissen, dass es ihr Großvater war.

„Ich hoffe, du weißt, was du tust!?“

Fiona drehte sich zu ihm um. Ihr Großvater blickte ihr fragend, aber auch vertrauensvoll in die Augen.

„Oh, ja. Ich weiß genau, was ich tue. Es war Schicksal, dass ich Martin begegnet bin. Ab heute wird alles anders. Mit ihm zusammen kann ich die Welt verändern.“

Ein liebevolles Lächeln breitete sich auf dem Gesicht des alten Mannes aus. Mit leuchtenden Augen sah er sie an und sagte:

„Ich bin so stolz auf dich.“

Halbmond

Die Kälte kroch langsam durch ihren Mantel hindurch, bis hin zu ihrer empfindlichen Haut, und hinterließ dort ein unangenehmes Gefühl der Taubheit. Sie rieb ihre bereits weißgefrorenen Hände aneinander und blies schließlich ihren Atem darauf. Doch die eisige Kälte hatte bereits ihr Inneres erreicht, sodass kein warmer Hauch mehr aus ihren Lungen dringen konnte. Resignierend steckte sie ihre Hände wieder in die Manteltaschen und stapfte weiter durch den glitzernden Schnee.

Ihre Stiefel versanken förmlich in der weißen Masse, was ihr Vorankommen zusätzlich zu den erfrorenen Gliedern erschwerte. Der Wald lag hell und glitzernd vor ihr, und sie konnte alle Konturen der Bäume trotz der dunklen Nacht gut erkennen. Im Winter wirkte alles weniger hart. Die ganze Welt war bedeckt von weicher Watte, und man könnte meinen, dass das Leben leicht wäre. Doch das war es nicht. Zumindest nicht für sie.

Amy kämpfte sich durch den Schnee, ebenso wie sie sich bisher durch ihr Leben gekämpft hatte. Von einem Pflegeheim ins nächste wurde sie weitergereicht, als wäre sie ein Wanderpokal. Ihre Herkunft war ihr unbekannt, und manchmal kam es ihr so vor, als würde sie sich selbst gar nicht kennen. Es war, als wäre sie niemand. Unscheinbar und fremd. So wirkte sie auf die meisten.

Niemand wollte sie länger als ein paar Monate bei sich haben. In keiner Pflegefamilie konnte sie Fuß fassen. Es gab keinen Menschen auf dieser Welt, zu dem sie eine Beziehung hatte. Von Liebe und Freundschaft hatte sie lediglich gelesen. All die Bücher über ein Familienleben und Liebesbeziehungen hatte sie verschlungen, wo auch immer sie sie gefunden hatte: in den offenen Bücherregalen in der Stadt oder in den Häusern ihrer Pflegefamilien. Amy wusste von Liebe, doch sie hatte sie niemals am eigenen Leib gespürt.

Es kam ihr so vor, als würde sie die Kälte weniger deutlich spüren als andere, weil es nichts gab, das ihr Herz erwärmte. Mal abgesehen von der Schönheit des Winterwaldes. Die Natur berührte ihr Herz. Amy liebte es, draußen zu sein. Die Bäume waren ihre Familie. Sie waren immer für sie da gewesen. Ihr war es recht, dass sie nun hier, inmitten ihrer schneebedeckten Familie, sterben würde. Sie glaubte zweifellos daran, dass sie früher oder später erfrieren würde. Doch um nichts in der Welt würde sie zurückgehen.

Amy hatte endlich ihr achtzehntes Lebensjahr erreicht und war frei. Kein Vormund und kein Pflegeheim konnte sie mehr halten. Ohne ein bestimmtes Ziel war sie also losmarschiert. Nun war sie hier, in diesem riesengroßen Wald, mitten in der Nacht. Amy war jedoch keineswegs verzweifelt oder ängstlich, denn zum ersten Mal in ihrem Leben hatte sie ihr Schicksal selbst in der Hand. Sie konnte gehen, wohin sie wollte, und sie hatte den Wald gewählt.

Als die Müdigkeit drohte, sie zu übermannen, entdeckte sie etwas zwischen den Bäumen. Dunkel ragte etwas Großes dahinter hervor. Amy sammelte ihre letzte Kraft und ging weiter.

Sie trat zwischen den letzten Bäumen hindurch und stand vor einem riesigen Schloss. Imposant ragten zwei Türme links und rechts bis weit in den Himmel herauf, und das eiserne Eingangstor stand offen. Amy ging langsam den gepflasterten Weg entlang, der hinter dem Tor lag. Auf beiden Seiten des Weges sah sie Figuren, die kunstvoll aus der Hecke geschnitten waren. Hier musste ein begabter Gärtner am Werk gewesen sein.

Dann stand Amy direkt vor dem Haupteingang des Schlosses.

Ohne weiter darüber nachzudenken, drückte sie die Klinke herunter. Doch die Tür war natürlich verschlossen. Amy musste fast lachen. Sie befand sich nicht in einem Märchen, sondern in der Realität. Da standen einem die Türen nicht offen.

Ein Geräusch hinter ihr ließ sie herumfahren. Ein dunkel gekleideter Mann stand einige Meter hinter ihr und sah sie an. Er trug einen schwarzen Mantel mit Stehkragen und eine schwarze Lederhose. Seine schwarzen Haare hatte er zu einem Zopf zusammengebunden. Er sah noch recht jung aus, doch Amy konnte ihn nicht genau erkennen, da er im Lichtschatten des Mondes stand.

„Wie kommt ein junges Mädchen wie du mitten in der Nacht hierher? Bist du durch den ganzen Wald zu Fuß gelaufen?" Seine Stimme klang tief, doch Amy war sich nun sicher, dass er ebenfalls noch recht jung sein musste.

Er trat näher zu ihr, und sie sah sein Gesicht. Amy war sich sicher, dass sie noch nie in ihrem Leben einen schöneren Mann gesehen hatte.

Sie brachte keinen Ton heraus, sondern nickte nur stumm.

Der Mann betrachtete sie etwas genauer, und ein Ausdruck von Sorge trat in sein Gesicht.

„Du musst vollkommen durchgefroren sein. Komm erst einmal herein. Ich mache den Kamin an, dann kannst du dich aufwärmen."

Ohne eine Antwort abzuwarten, trat er an ihr vorbei und schloss das große Eingangstor auf. Der fremde Mann hielt ihr einladend die Tür zu seinem Schloss auf, und Amy zögerte nicht. Sie wäre ohnehin draußen im Wald erfroren. Ihr blieb also keine andere Wahl, als diese glückliche Wendung des Schicksals anzunehmen. Zumindest hoffte sie, dass es eine glückliche Wendung war.

Der junge Schlossbesitzer stellte sich ihr als Aron vor. Er führte sie in ein prächtiges Kaminzimmer. Amy setzte sich in einen gemütlichen Ohrensessel und sah zu, wie Aron den imposanten Kamin anzündete. Die Wärme des Feuers war wohltuender als alles, was Amy jemals gespürt hatte. Kribbelnd tauten ihre Hände und Füße wieder auf. Nach und nach legte sie ihre Winterklamotten ab, die ihr in den Stunden im Winterwald keine Dienste mehr geleistet hatten.

Aron brachte ihr eine heiße Schokolade und setzte sich ihr gegenüber.

Amy trank einen Schluck und hätte beinahe vor Glück laut aufgelacht. Sie fand ihre Stimme wieder und sah Aron in die Augen.

„Ich kann dir gar nicht genug danken. Wenn ich aufgewärmt bin und mein Mantel getrocknet ist, falle ich dir auch nicht weiter zur Last."

Der junge Schlossbesitzer blickte sie abschätzend an und schüttelte leicht den Kopf.

„Na, in die kalte Nacht da draußen lasse ich dich nicht mehr gehen. Wir sind hier mehrere Stunden Fußmarsch von der nächsten Stadt entfernt. Ich habe mehrere Schlafzimmer hier im Schloss. Du kannst heute Nacht hierbleiben."

Aron hatte etwas sehr Bestimmendes an sich. Amy hatte das Gefühl, dass er sie heute wirklich nicht mehr hinausgehen lassen würde. Aus Höflichkeit protestierte sie jedoch und sagte, dass sie ihm auf keinen Fall Umstände bereiten wolle. Doch ihren Protest tat Aron mit einer Handbewegung ab.

Nachdem sie ihre Schokolade ausgetrunken hatte, führte Aron sie in ein Zimmer in der oberen Etage. So ein schönes Zimmer hatte Amy noch nie in ihrem Leben gesehen. Auch hier war ein kleiner Kamin, der den Raum erwärmte und ein wunderschönes, gemütliches Licht verteilte.

Das Himmelbett sah so einladend aus, dass Amy sich kaum vorstellen konnte, jemals wieder daraus aufzustehen. Aron nickte ihr noch einmal zu und ließ sie dann alleine.

Ein Bad grenzte an den Raum an. Amy entschied sich für eine heiße Dusche, um ihre von der Kälte verkrampften Muskeln weich zu kochen. Das warme Wasser auf ihrer Haut tat so unglaublich gut. Eine ganze Zeit lang stand sie reglos unter dem Wasserstrahl und erlaubte sich, an rein gar nichts zu denken.

Dieser Abend war ihr geschenkt worden. Ganz egal, wohin es sie treiben würde oder ob sie letztendlich doch in der Winterkälte draußen ihren Tod finden würde – dieser Abend und diese Nacht im Schloss waren ihr vom Leben geschenkt worden. Amy wollte jeden Augenblick davon auskosten.

Dem Duft nach frisch gebackenen Brötchen folgend lief Amy am nächsten Morgen die breite Treppe mit dem dunkelgrünen Teppichbesatz herunter. Sie konnte hören, wie jemand in der Küche hantierte. Besteck wurde aus der Schublade geholt, und Teller klapperten aneinander.

Amy ging einen kleinen Flur entlang und blickte in den Raum, aus dem die Geräusche und der herrliche Duft kamen. Aron deckte den großen Tisch in der Mitte des Raumes. Die Küche war an sich schon riesig, und an dem Tisch hätten locker zwanzig Personen Platz finden können. Die beiden Teller wirkten irgendwie verloren, so als einziges Gedeck.

„Ah, da bist du ja. Hast du gut geschlafen?" Aron hatte aufgeblickt und Amy ein zurückhaltendes Lächeln geschenkt.

„Ja, sehr gut. Wahrscheinlich habe ich besser geschlafen als die vergangenen achtzehn Jahre."

Amy musste über ihren eigenen Satz nachdenken. Es stimmte. Sie hatte sehr gut – und vor allem durchgeschlafen. Nicht allein deshalb, weil das Bett so gemütlich war und der Raum so schön gestaltet. Amy wurde klar, dass es wohl auch daran lag, dass sie frei war. Ihr Schicksal war ungewiss, doch alles, was nun kam, war ihre eigene Entscheidung. Das fühlte sich gut an.

Aron hatte sie während ihrer Grübeleien sehr intensiv beobachtet. Als Amy seinen Blick bemerkte, lief sie rot an und sah betreten zu Boden.

„Du scheinst selbst überrascht zu sein. Wundert es dich, dass du hier so gut geschlafen hast?"

Im ersten Moment war Amy überfordert von der direkten Frage. Noch nie hatte sich jemand für ihr Empfinden interessiert. Dann überlegte sie, wie sie Aron darauf antworten sollte. Konnte sie ihm trauen? Sollte sie sich einem Wildfremden offenbaren und über ihre Vergangenheit reden?

Amy entschied sich dafür, dass es ganz egal war, was er über sie wusste oder auch nicht. Sie wollte ihm ehrlich antworten. Was hatte sie schon zu verlieren?

„Ich habe nur darüber nachgedacht, dass ich so gut schlafen konnte, weil ich das erste Mal in meinem Leben frei bin."

Aron hielt noch immer die beiden Tassen in der Hand, die er offensichtlich mit zu dem Gedeck auf den Tisch stellen wollte. Er behielt sie weiterhin in den Händen, während er Amy forschend in die Augen sah.

„Sich von etwas zu befreien, kann in der Tat für innere Ruhe und Frieden sorgen. Du bist noch jung; dir stehen alle Türen des Lebens offen. Deine Freiheit kannst du also den größten Teil deines Lebens auskosten."

Aron sah selbst noch sehr jung aus, sprach aber wie ein erfahrener Mann, der sein Leben bereits gelebt hatte. Amy traute sich jedoch nicht so recht, ihn darauf anzusprechen. Sie hatte keine Erfahrung mit solch offenen und intensiven Gesprächen und konnte Aron nicht einschätzen. Also nickte sie ihm nur zu und brachte ein Lächeln zustande.

Aron stellte die Tassen ab und drehte sich zur Kanne mit dem Kaffee. Als er sich wieder zu ihr umdrehte, stand Amy immer noch reglos da und umfasste krampfhaft die Stuhllehne.

„Wenn du möchtest, kannst du dich setzen. Der Stuhl wird dir nicht davonlaufen, also kannst du dies auch freihändig tun."

Erschrocken ließ Amy die Stuhllehne los. Sie hatte gar nicht bemerkt, dass sie sich daran festgehalten hatte. Dieses Gespräch wühlte sie auf, es tat ihr jedoch auch gleichzeitig sehr gut. So lässig wie Aron es war, dem sogar kleine Scherze über die Lippen kamen, konnte Amy jedoch nicht sein. Unbeholfen setzte sie sich auf den Stuhl und vermied es, Aron in die Augen zu sehen.

„Amy, du kannst dich entspannen. Ich will dich weder verurteilen noch will ich dir etwas Böses. Allerdings bin ich ein direkter Mensch, und ich bin nicht an belanglosen Gesprächen übers Wetter interessiert. Wir können also gerne schweigen, wenn dir das lieber ist, oder du kannst mir von deinen Sorgen und Hoffnungen erzählen – von deinen Gedankengängen, von allem, was dich bewegt."

Fasziniert blickte Amy Aron nun doch in die Augen. Sein Blick war vollkommen klar. Was er sagte, meinte er ernst. Amy zwang sich dazu, einmal tief durchzuatmen. Sie entspannte sich und musste fast über sich selbst lachen.

Wieso hielt sie sich überhaupt zurück? Was sollte dieses Gefühl der Anspannung, als hinge irgendetwas von ihrem Verhalten ab? Ganz egal, was sie tat oder sagte, es änderte nichts an der Tatsache, dass sie frei war. Zum ersten Mal in ihrem Leben fragte jemand nach ihrem Befinden und danach, was in ihr vorging. Aron blickte sie noch immer geduldig an und wartete auf ihre Antwort.

Amy lächelte ihn zum ersten Mal ehrlich und befreit an.

„Ich hatte bisher nie die Entscheidungsgewalt über mein Leben. Doch jetzt bin ich volljährig, und kein Pflegeheim kann mich länger festhalten. Dieses Gefühl ist befreiend."

Aron schenkte ihr Kaffee ein und rückte die Schale mit den frischen Brötchen zu ihr hin. Es roch so wunderbar.

„Du bist also in den ersten Stunden deiner Volljährigkeit sogleich losmarschiert. Offensichtlich ohne Plan oder Proviant, denn du hattest ja nichts dabei, als ich dich halb erfroren draußen gefunden habe."

Amy nickte ihm daraufhin so selbstbewusst zu, dass Aron herzhaft lachen musste.

„Na, das nenne ich mal zielstrebig. Am Ende führt uns ohnehin das Leben. Wozu soll man sich da großartig Gedanken machen? Es kommt immer anders, als man denkt – oder zumindest teilweise. Man kann die Dinge nicht vorhersehen. Wir müssen dem Leben vertrauen, und das tust du offenbar blind."

Aron nahm sich ein Brötchen und teilte es in zwei Hälften. Eine Hälfte bestrich er mit Butter, die sogleich auf dem dampfenden Gebäck schmolz.

„Wie sollte ich mir einen Plan machen, wenn ich nichts vom Leben weiß? Ich musste darauf vertrauen, dass alles gutgehen wird. Alles, was ich von der Welt weiß, habe ich aus Büchern gelernt."

Noch immer kauend, sinnierte Aron über ihre Worte nach. Amy nutzte die Zeit, um einen Schluck von dem Kaffee zu probieren. Bisher hatte ihr Kaffee nie geschmeckt, doch dieser hier hatte einen so durchdringenden Geschmack, als käme er direkt aus Äthiopien.

„Welche Erwartungen hast du denn? Du hast dir doch bestimmt schon mal vorgestellt, wie das Leben aussehen würde, das du gerne führen möchtest."

Erwartungen hatte Amy eigentlich keine, sie hatte sich jedoch mehr als ausführlich verschiedene Szenarien ihres Wunschlebens erträumt.

„Ich möchte umringt von der Natur leben. Ich mag die Stadt nicht so gerne. Dort ist alles so laut und hektisch. Am liebsten bin ich im Wald. Deshalb wäre eine kleine Waldhütte schön. Ich habe mal von einer Frau gelesen, die ganz wunderbare Vasen töpfern kann. Ich glaube, Töpfern würde mir gefallen. Etwas mit meinen eigenen Händen herstellen, was ich dann vielleicht sogar verkaufen kann. Ja, so stelle ich es mir vor."

Aron blickte sie anerkennend an.

„Das ist ein sehr bescheidenes, jedoch auch sehr erstrebenswertes Ziel. Ein ehrliches Leben, in dem man schöne Dinge herstellt und im Einklang mit der Natur lebt."

Nun war es an Amy, Fragen zu stellen. Sie fand den Mut, Aron auf sein Leben anzusprechen. Sie fragte ihn, ob er ganz alleine in diesem Schloss lebte und was er tat.

Aron schenkte sich ebenfalls Kaffee ein und ließ sich Zeit mit einer Antwort.

„Dieses Schloss ist seit Generationen im Familienbesitz. Meine Eltern waren sehr glücklich, hier zu leben. Es wurden regelmäßig Feste gefeiert, und alle Bewohner der umliegenden Dörfer kamen gerne hierher. Als ich drei Jahre alt war, bekam meine Mutter ihr zweites Kind. Es war ein Mädchen, meine Schwester. Sie machte unser Familienglück komplett. Ich war ein stolzer Bruder, und ein Jahr lang lebten wir ein sorgenfreies Leben.

Doch die Hebamme, die meiner Mutter zur Seite stand, war ein niederträchtiges Weib. Sie war eifersüchtig auf unser Glück und entführte meine Schwester eines Nachts vom Schloss. Meine Mutter war untröstlich. Die gesamte

Umgebung wurde abgesucht, alle Dorfbewohner halfen mit. Schließlich fanden wir die Hebamme im Wald. Die Wölfe hatten sie sich geholt. Von meiner Schwester gab es keine Spur. Die Männer, die die Leiche der Hebamme fanden, glaubten, dass sie verschleppt und gefressen wurde.

Meine Mutter kam nie über den Verlust ihrer Tochter und die Schuldgefühle hinweg, die sie seither plagten. Ein Jahr nach ihrem Verschwinden sprang sie von den Klippen und stürzte sich in den Tod. Mein Vater fing an zu trinken, um den Schmerz zu betäuben. Zehn Jahre später wachte er aus einem seiner Rauschzustände nicht mehr auf.

Übrig blieb ich. Ich zog los und ging in die Lehre bei einem Hufschmied im Dorf. Er ließ mich bei sich wohnen und brachte mir alles bei, was man als guter Schmied können musste. Nun bin ich einundzwanzig Jahre alt, und es hat mich wieder hierher, zu meinem Familienbesitz, gezogen. Die Leute kommen mit ihren Pferden hierher, und ich beschlage sie. Mehrmals im Monat reise ich durchs Land und biete meine Dienste an. Das ist mein Leben."

Beklommen hatte Amy an Arons Lippen gehangen. Nun saß sie sprachlos da, mit einer Hand vor dem Mund, und war ehrlich geschockt.

Er hatte so viel Leid erfahren müssen. So etwas sollte niemandem passieren.

„Das Einzige, was ich von meiner Schwester noch weiß, ist, dass sie ein halbmondförmiges Mal am rechten Unterarm hatte. Es hatte mich immer fasziniert, weil es so außergewöhnlich war."

Amy lief ein eiskalter Schauder über den Rücken. Ruckartig stand sie auf, wobei ihr Stuhl nach hinten kippte und mit einem lauten Knall zu Boden fiel. Aron sprang ebenfalls erschrocken auf und sah sie fragend an. Die Gedanken in ihrem Kopf rasten, und sie wusste gar nicht, wie ihr geschah.

Völlig überfordert taumelte Amy einige Schritte rückwärts und wäre fast über ihre eigenen Füße gestolpert, wenn Aron nicht blitzschnell bei ihr gewesen und sie gehalten hätte. Er führte sie zur breiten Fensterbank, wo sie sich setzen konnte.

„Was ist los? Du bist ja ganz blass geworden." Besorgt betrachtete Aron ihr Gesicht.

Amy brachte kein Wort heraus. Sie starrte Aron fassungslos an.

Dann krempelte sie den Ärmel ihres rechten Arms hoch und entblößte ihren Unterarm. Zum Vorschein kam ein Muttermal in der Form eines Halbmondes.

Eine ganze Weile lang starrte Aron sie nur an. Dann stiegen ihm Tränen in die Augen, und er nahm sie fest in seine Arme. Auch Amy musste weinen. Sie hatte ihre Familie gefunden – ihren Bruder.

„Wie ist das nur möglich?"

Aron nahm ihr Gesicht in seine Hände und betrachtete seine Schwester fassungslos. Dann schüttelte er den Kopf und drückte sie wieder an sich.

„Ganz egal. Die Hauptsache ist, dass wir wieder zusammen sind. Das Schicksal hat dich zurück zu mir geführt."

Ende

Des Ruhmes

SCHATTENSEITEN

Im Jubel der Menge konnte sie ihre eigene Stimme kaum mehr verstehen.

Sie schrien nach einer Zugabe – einer Zugabe ihrer Songs und ihrer Stimme. Sie wollten mehr.

Mit dröhnenden Ohren ging sie hinter die Bühne. Das Rauschen würde noch Stunden anhalten. Sie liebte es, ihre Songs auf der Bühne zu singen und sich voll und ganz ihrer eigenen Welt hinzugeben. Mit ihrer zarten Gestalt schwebte sie fast und bewegte sich elfenhaft zu den harten Klängen der E-Gitarre. Dieser Kontrast zwischen ihrer Engelsstimme und dem dunklen Sound – das war es, was ihre Musik ausmachte.

Sia lief wie auf Wolken in den Backstage-Bereich. Ihre Band folgte ihr nach und nach. Nach jeder Show saßen sie noch lange zusammen und tranken Wein im Tourbus. Gideon folgte ihr auf dem Fuße, als sie durch den Aufenthaltsraum zu ihrer Kabine ging.

Er war wie ein Schatten für sie, bemühte sich jedoch stets, ihr nicht zu sehr aufzufallen.

Gideon war ihr Leibwächter. Allein die Tatsache, dass sie einen benötigte, begriff Sia bis heute nicht. Sie war doch nur ein ganz normales Mädchen, das ihre Lieder sang. Wieso konnte sie nicht mehr allein nach draußen gehen, ohne belästigt zu werden? Die Menschen belagerten sie, wollten Fotos mit ihr machen oder sie einfach nur anfassen. Dieser ganze Hype um ihre Person entzog sich ihrem Verständnis. Es war schön, dass die Leute ihre Musik mochten, doch wieso interessierten sie sich so sehr dafür, was Sia privat machte?

Die Öffentlichkeit mied Sia, wo sie nur konnte. Sie überließ das Reden ihren Bandmitgliedern bei Interviews und huschte von Konzertsaal zu Tourbus und anschließend nach Hause.

An ihrem eigenen Raum angekommen, trat sie durch die Tür und zog sie hinter sich zu. Gideon würde davor seinen Posten beziehen.

Sia duschte und zog sich frische Kleidung an. Dann packte sie ihren Kram zusammen und trat wieder hinaus. Gideon nahm ihr den Koffer ab und begleitete sie zum Tourbus. Dort warteten bereits etliche Fans und schrien, als sie Sia sahen. Wie immer trat Gideon ganz nahe an sie heran und schirmte sie mit seinem Körper ab.

Er schob sie durch die Menge und schaffte es tatsächlich, dass nicht ein einziger Fan sie berühren konnte.

Sia konnte ihre Fans jedoch hören. Sie riefen ihren Namen und baten um Autogramme. Ein Fan stach aus der Menge hervor. Er rief: „Warte, bitte, ich brauche dich!"

Sia blieb abrupt stehen, und Gideon prallte gegen sie. Sia blickte in die verzweifelten Augen des Mannes, der ihr zugerufen hatte, er würde sie brauchen. Er streckte ihr die Hand entgegen, und Sia ergriff sie, da er ihr Leid tat. Dieser Mann kannte sie gar nicht, und doch erfüllte es ihn, dass sie in seiner Nähe war.

So erging es Sia mit den meisten Menschen in ihrem Umfeld. Abgesehen von ihrer Band kannte sie niemand, doch jeder meinte, Anspruch an ihr nehmen zu können. Der junge Mann zog kräftig an Sia, überwältigt davon, ihre Hand fassen zu dürfen. Sie stolperte in die Menge und spürte etliche Hände an ihrem Körper.

Panik stieg in ihr auf, und ihr wurde klar, dass sie einen Fehler begangen hatte. Doch viel Zeit, die Tragweite ihres Fehlers zu begreifen, hatte sie nicht, denn Gideon stand mit einem Mal hinter ihr. Er hob sie hoch und trug sie heraus aus der Menge.

Im Tourbus setzte er sie ab und fuhr sie außer sich an.

„Bist du verrückt geworden? Wolltest du dich von ihnen verschleppen lassen?"

Sia erschrak über seinen harten Tonfall, denn bisher hatte er sich stets respektvoll ihr gegenüber verhalten.

„Ich… ich weiß nicht. Ich weiß nicht, warum ich das getan habe."

Sia stotterte und hatte das Gefühl, nicht mehr Herr über ihren Verstand zu sein. Gideons Gesichtszüge wurden sogleich weicher, und er blickte sie bedauernd an.

„Mach das bitte nicht wieder. So machst du es mir nicht gerade leichter, dich heil durch die Menge zu bekommen."

Ihre Band kam dazu, sie hatten das Schauspiel vom Fenster aus gesehen. Sie sprachen beruhigend auf sie ein und führten sie zu ihrer Sitzecke, wo bereits ein Glas Wein stand.

Sia nippte abwesend daran. Sie hatte schon lange nicht mehr das Gefühl, zu wissen, was sie tat oder was um sie herum geschah. Es war, als wäre sie vollkommen woanders, und die Realität drang nur schemenhaft zu ihr durch. Die Mitglieder ihrer Band hatten ihr Verhalten offenbar akzeptiert, denn sie hatten aufgehört, zu fragen, was mit ihr los war.

An diesem Abend blickte Sia sehr tief ins Glas. Sie trank mehrere Gläser Wein, um endgültig alles um sich herum zu vergessen.

Nach und nach gingen alle ins Bett, nur Sia blieb an dem Tisch sitzen. Der Tourbus hatte bereits am nächsten Konzerthaus gehalten. Sia stand torkelnd auf und öffnete die Tür. Sie trat hinaus auf einen leeren Parkplatz. Die frische Nachtluft tat so gut.

Ihr Kopf glühte und pochte bei jedem Schritt. Schließlich kam sie zu einer Wiese, die einen Abhang hinunterführte. Sia stolperte und rollte den Abhang entlang, bis sie wieder auf eine gerade Fläche kam. Dort blieb sie liegen und starrte in den Himmel.

Irgendwo am Rande ihres Bewusstseins hörte sie eine Stimme. Sie blickte in vertraute Augen, die sich über sie gebeugt hatten. Doch ob sie dies träumte oder ob es tatsächlich passierte, wusste sie nicht.

Gideon hockte neben ihr, hatte sie an beiden Schultern gepackt und rief ihren Namen, immer wieder. Seine Stimme klang verzweifelt.

„Sia, lass mich dich zurückbringen. Hier kannst du nicht bleiben. Es ist zu kalt, und du hast keine Jacke."

Von Kälte konnte Sia nichts spüren. Eigentlich war ihr ganz warm.

Sia ließ sich von Gideon in eine sitzende Position heben. Sie nahm seinen angenehmen Geruch wahr und spürte den Impuls, ihren Kopf an seine Schulter zu lehnen. Diesem Impuls gab sie schließlich nach.

Gideon hielt in seiner Bewegung inne und schien nicht recht zu wissen, was er tun sollte. Doch dann legte er seine Arme um sie und hielt sie fest. Dieser Moment war so schön, er hätte ewig währen können.

Sia hatte das Gefühl, sie könnte Gideon alles anvertrauen. Er war der Einzige, der irgendwie immer für sie da war. Der bemerkte, dass sie weg war, und sie zurückholte.

„Ich weiß nicht mehr, wer ich bin und was real ist. Ich habe das Gefühl, ich verliere mich mehr und mehr."

Gideon drückte Sia ein Stück von sich fort, um ihr in die Augen sehen zu können. Sia war über ihre ehrlichen Worte selbst erschrocken. Doch es hatte auch gutgetan, sie auszusprechen.

„Was du brauchst, ist eine Pause. Meine Eltern besitzen eine Hütte in den Bergen Sloweniens. Abseits jeglicher Zivilisation. Ein paar Tage dort würden dir sicher guttun."

Das Angebot war so verlockend, doch ihr Manager würde das niemals erlauben.

Sie befanden sich auf Welttournee und waren erfolgreicher als je zuvor.

„Ich kann nicht."

Sias Worte waren nicht mehr als ein Flüstern. Sie blickte Gideon verzweifelt in die Augen.

Er strich ihr eine Haarsträhne aus dem Gesicht. Diese Geste war derart zärtlich, dass Sia die Tränen in die Augen schossen.

„Du kannst alles tun, was du willst. Es hilft niemandem, wenn du irgendwann vollkommen zusammenbrichst."

Er fing eine von Sias Tränen auf, dann drückte er sie wieder an sich.

Sia weinte, an Gideons Schulter gelehnt, und genoss seine Nähe. Irgendwann wurde sie müde, und das Schluchzen ließ nach. Sie ließ sich widerstandslos von Gideon hochheben. Er trug sie auf seinen Armen den ganzen Weg zurück zum Tourbus.

AM NÄCHSTEN TAG

Sia sang ihre Lieder. Sie bewegte sich im Rhythmus der Songs, die ihr so vertraut waren. Es war ihr Innerstes, das sie hinausließ. Sie sang es in die Menge der Menschen, die dort vor der Bühne mitsangen und feierten. Ob allerdings auch nur ein Bruchteil dessen, was sie ausdrücken wollte, ankam, wusste Sia nicht.

Sie glaubte nicht daran. In ihren Liedern ging es um eine bessere Welt, um intensive Gefühle und Schmerz. Ihre Fans kannten ihre Lieder, doch niemand redete mit ihr darüber. Jeder wollte ein Autogramm oder ein Foto mit ihr zusammen. Das war alles.

Als sie nach dem dritten Konzert in Folge erschöpft in den Backstage-Bereich trat, bildete sich ein Schleier vor ihrem Sichtfeld. Ihre Beine liefen ohne ihr Zutun weiter, und in ihrem Kopf trat eine tiefe Leere ein. Schließlich konnte sie nichts mehr sehen und spürte, wie ihre Beine nachgaben.

Gideon sah, wie Sia die Augen verdrehte und zusammenbrach. Mit zwei schnellen Schritten war er bei ihr und fing sie auf, bevor sie hart aufschlagen konnte.

Eine erschrockene Menge bildete sich um sie herum. Ihr Manager rief aufgeregt, jemand solle einen Notarzt holen.

Gideon hielt Sias bewegungslosen Körper im Arm. Ihr Gesicht war kalkweiß, und ihre Haut fühlte sich kalt an. Ein Krankenwagen brachte sie ins nächstgelegene Krankenhaus.

So konnte es nicht weitergehen. Sia brauchte eine Pause.

Gideon nahm sich vor, mit ihrem Manager zu sprechen.

Der Krankenwagen hielt am Hinterausgang des Konzertsaals.

Trotzdem blieb der Einsatz nicht unbemerkt. Einige Fans und Presseleute standen auch hier und beobachteten, was geschah. Gideon begleitete die Trage, mit der Sia in den Krankenwagen geschoben wurde, und schirmte sie mit einem Tuch vor den Blicken der Presse ab. Was Sia am wenigsten gebrauchen konnte, waren Fotos von ihr, wie sie bewusstlos in einen Krankenwagen geschoben wurde.

Mehr oder weniger freiwillig stieg Sia später in den VW Amarok mit den getönten Fensterscheiben. Gideon hatte ihr im Krankenhaus eröffnet, dass er sie, sobald sie entlassen würde, zu der Hütte seiner Eltern fahren würde. Offenbar hatte er das Ganze bereits mit ihrem Manager und der Band besprochen. Einige Konzerte wurden verschoben, Pressetermine abgesagt. Sia hatte dabei kein Mitspracherecht.

Die Ärzte konnten bei ihr nichts Ernstes feststellen. In ihren Augen war es ein Kreislaufzusammenbruch aufgrund von Überanstrengung. Sia fühlte sich körperlich fit, also musste es ihre Psyche gewesen sein, die überfordert war. Da ihr keine andere Wahl blieb, machte sie es sich im Auto gemütlich und versuchte, etwas zu schlafen.

Gideon fuhr die fast zehn Stunden nach Slowenien, mit nur einer Pause. Die Landschaft wurde nach und nach immer schöner. Sia konnte die Berge sehen, weite Felder und Wälder. Die Schönheit der Natur berührte etwas in ihr. Es war fast so wohltuend, wie sich in eine warme Badewanne zu legen – so fühlte es sich für die Seele an.

Die Hütte lag oberhalb eines kleinen Dorfes, jedoch so weit davon entfernt, dass man meinen könnte, man wäre allein auf der Welt. Hier oben lag Schnee. Sia sank fast knöcheltief in den unberührten Schnee ein. Es musste Jahre her sein, dass sie das letzte Mal Schnee gesehen hatte. Dabei liebte sie die weiße Masse.

Die Hütte war urgemütlich eingerichtet. Es gab einen großen Kamin mit einem Schaffell davor und mehr als nur eine Sitzgelegenheit. Auf jedem Sessel lag eine Kuscheldecke. Gideon machte sich sogleich daran, den Kamin anzuzünden.

Sia fand in der, im Landhausstil eingerichteten Küche Kakaopulver und kleine Marshmallows. Sie bereitete zwei Tassen Kakao mit Sahne vor und setzte als Topping die kleinen, süßen Wattebäuschchen darauf.

Gideon musste schmunzeln, als er seine Tasse entgegennahm. Solch einen Kakao hatte er bestimmt noch nie getrunken. Etwas unbeholfen versuchte er, die Marshmallows zur Seite zu schieben, damit bloß keine den Weg in seinen Mund finden konnten. Darüber musste Sia herzhaft lachen.

Sie setzte sich gemütlich mit angewinkelten Beinen auf den Sessel und hielt die Tasse in beiden Händen fest umschlossen.

„Hier könnte man die ganze restliche Welt vergessen. Es ist fast so, als gäbe es nur diese Hütte, und alles andere verschwimmt im Nebel."

Gideon hatte sich ihr gegenüber auf das Sofa gesetzt und blickte sie leicht lächelnd an.

„Genau das ist ja der Sinn unserer Reise. Du wirkst schon jetzt sehr entspannt. Ich weiß gar nicht, ob ich dich jemals so lachen gesehen habe wie gerade eben."

Nachdenklich blickte Sia ins Feuer. Es versetzte ihr einen Stich, sich an das Leben zu erinnern, das sie für ein paar Tage zurückgelassen hatte.

„Lass uns in der Zeit hier so tun, als wäre ich keine berühmte Sängerin und du nicht mein Leibwächter. Ich möchte einfach so leben, wie man es auf solch einer Hütte eben tut."

Gideon lehnte sich mit zufriedener Miene zurück und trank einen Schluck von seinem Kakao.

„Das dürfte kein Problem sein, denn ich habe hier viele Monate meines Lebens verbracht. Wenn du möchtest, können wir morgen eine Pferdeschlittentour machen. Es gibt hier auch die Möglichkeit, Ski zu fahren. Wanderungen durch die Berge kann ich ebenfalls empfehlen. Die Landschaft hier ist atemberaubend."

Sia nickte und freute sich tatsächlich auf die folgenden Tage. Es war das erste Mal seit Langem, dass sie sich überhaupt auf etwas freute.

Die Pferde zogen sie durch schneebedeckte Wälder.

Sia saß, mit einer Decke über den Beinen, in dem großen Schlitten und beobachtete die ruhigen, gleichmäßigen Bewegungen der trabenden Pferde. Es war fast wie ein Märchen.

Gideon saß neben ihr und machte sie ab und zu auf verschiedene Sehenswürdigkeiten aufmerksam. Er kannte diesen Ort wirklich sehr gut.

„Die Natur führt einen zum eigenen, ursprünglichen Sein zurück. Der Geist und die Seele brauchen die Natur, denn sie ist mit uns verbunden. Manche Menschen, in der Regel Stadtmenschen, haben maximal eine Zimmerpflanze in der Wohnung, und das ist alles, was sie von der Natur sehen. Sie können erfüllte und glückliche Leben führen, doch es wird immer etwas fehlen. Auch wenn sie es nicht erkennen, weil sie so sehr mit ihrem Alltag und den oberflächlichen Dingen beschäftigt sind."

Gideon blickte Sia auch nach seiner Erläuterung in die Augen.

Sia war erstaunt darüber, wie tiefsinnig er war. Er hatte einen bemerkenswerten Weitblick und verstand die Welt. Die wahre Natur eines Menschen erkennt man nicht immer auf den ersten Blick. Bisher hatte Sia ihn stets als ihren Leibwächter gesehen, der unauffällig im Hintergrund blieb. Doch nun öffnete er sich ihr auf eine sehr tiefgehende Weise.

Sia fielen keine passenden Worte ein, die sie ihm entgegnen könnte, also sah sie ihm einfach weiter in die Augen. So lange, bis sie nichts anderes mehr wahrnehmen konnte – weder das Ruckeln des Pferdeschlittens noch die Umgebung, die an ihr vorbeiflog. Gideon hielt ihrem Blick stand. Erst die Stimme des Kutschers, der ihnen mitteilte, dass in der Nähe ein Gasthaus sei, riss ihre Blicke auseinander. Gideon bat den Kutscher, dort zu halten.

Im Gasthaus gab es gutbürgerliche, deutsche Mahlzeiten. Sia entschied sich für die Folienkartoffel mit frischem Salat und Kräutersoße. Das Gefühl, jede Menge Zeit zu haben und in Ruhe essen zu können, berauschte sie. Sonst hielt der Tourbus vor irgendeiner Imbissstube, und sie und ihre Band aßen schnell vor dem nächsten Konzert noch etwas. Das Essen von den Veranstaltern der Events glich meist mittelgutem Kantinenessen.

Über zwei Stunden saßen sie in dem Gasthaus und unterhielten sich über Gott und die Welt. Danach ging es im Pferdeschlitten zurück zu der Hütte.

Sia war in dieser Nacht sofort eingeschlafen, als sie ihre Augen geschlossen hatte.

Hier, an diesem Ort, erfasste sie eine wohltuende Ruhe. Diese Ruhe vertrieb selbst die quälenden Gedanken, die sie sonst immer vom Schlafen abhielten.

Ein leises Flattern, wie von einem kleinen Schmetterling, ließ sie ihre Augen wieder öffnen. Draußen war es stockdunkel – es musste noch tiefe Nacht sein. Der Raum war von einem zarten Lichtschimmer erhellt. Sia entdeckte die Lichtquelle: Etwas Kleines, von blau-violettem Licht umhülltes, schwirrte durch den Raum.

Dann landete es auf der Bettpfote am Fußende. Sia richtete sich auf und versuchte zu erkennen, was es war. Für ein Glühwürmchen war es zu groß. Sie rückte ein weiteres Stück näher heran und erkannte die Silhouette eines menschenähnlichen Wesens mit Flügeln.

Sia erschrak und starrte sprachlos auf das Fabelwesen.

„Keine Angst, Sia. Ich bin deine Freundin."

Eine glockenhelle Stimme sprach zu ihr, und das Flügelmädchen kannte sogar Sias Namen.

„Wer bist du, und woher kennst du mich?"

Mit angehaltenem Atem saß Sia vor dieser Erscheinung, unsicher, ob sie real oder Einbildung war.

„Ich bin dein innerstes Sehnen. Deine Seele. Ich bin das, was du wirklich bist, Sia. Jetzt verrate mir: Was willst du wirklich?"

Wie in Trance und hypnotisiert von dem flackernden, sanften Licht, das das Wesen umgab, antwortete Sia, ohne groß darüber nachdenken zu müssen:

„Ich will, dass die Menschen mich hören. Hören und verstehen, was ich mit meinen Songs ausdrücken will. Sie sollen den tieferen Sinn dahinter begreifen und mich nicht nur als die weltberühmte Sängerin ansehen."

Sia war selbst erstaunt über ihre Worte. Ihr war bis jetzt gar nicht bewusst gewesen, was sie wirklich wollte.

„Dann schreib es auf. Schreib alles auf, was dich bewegt. Bring das zu Papier, was du der Welt da draußen mitteilen möchtest."

Ein Buch schreiben.

Dieser Gedanke war ihr bisher noch nie gekommen. Ihre Songs, untermalt von den Klängen der harten Rockmusik, waren immer nur kurze Eindrücke. Ein Buch jedoch könnten die Menschen intensiv lesen, ohne Ablenkung. Vielleicht würden sie dann verstehen, was Sia sagen wollte.

Das kleine Wesen flog plötzlich hoch, schwirrte Sia ein paar Mal um den Kopf herum und pustete ihr dann etwas ins Gesicht. Sia schloss reflexartig die Augen.

Als sie sie wieder öffnete, drangen bereits die ersten Sonnenstrahlen durch die Vorhänge ihres Fensters. Sie lag zugedeckt im Bett, und von dem Wesen war nichts mehr zu sehen.

Verwirrt stand Sia auf und wusste im ersten Moment gar nicht, was sie tun sollte. War das alles ein Traum gewesen? An Träume hatte sich Sia bisher allerdings immer ganz anders erinnert. Die Erinnerung an dieses kleine Wesen mit den Flügeln und dem blau-violetten Licht war jedoch derart real, dass es ihr vorkam, als wäre es tatsächlich passiert.

Gedankenverloren schnappte sie sich ihren Laptop und setzte sich damit auf einen der gemütlichen Sessel.

Als Gideon schließlich aufstand und zu Sia ins Wohnzimmer trat, hatte sie bereits zwanzig Seiten geschrieben. Er blickte sie fragend an, mit einer dampfenden Tasse Kaffee in der Hand und noch in Jogginghose.

Sia betrachtete ihren Leibwächter liebevoll. Sie hatte ihn richtig lieb gewonnen und genoss seine Gesellschaft. Als sie ihm mitteilte, dass sie vorhabe, ein Buch zu schreiben, nickte er ihr nur anerkennend zu und machte ihr den Kamin an.

In den nächsten Tagen schrieb Sia in jeder freien Minute und hatte dabei viel Zeit zur Verfügung. Einmal am Tag ging sie mit Gideon spazieren, und er zeigte ihr die wunderschöne Umgebung. Abends aßen sie entweder in einem der Gasthöfe im Dorf oder kochten zusammen, was Sia besonders viel Spaß machte.

Immer wenn Gideons Handy klingelte und er rausging, um zu telefonieren, wusste Sia, dass es ihr Manager war. Gideon hielt diese Dinge bewusst von ihr fern, damit sie sich weiterhin erholen konnte.

Ein Monat verging, und Sia fühlte sich stark genug, mit Gideon darüber zu sprechen, wie es weiterging.

Es war bereits dunkel draußen, und sie saßen gemeinsam vor dem Kamin. Sia hielt eine heiße Schokolade in den Händen, während Gideon ein Buch gelesen hatte.

„Es wird so langsam wohl Zeit, wieder zurück in mein altes Leben zu kehren. Mein Manager ist ganz bestimmt schon mächtig aufgebracht, weil wir so lange hier sind," sagte Sia schließlich.

Gideon legte das Buch beiseite und sah sie besorgt an.

„Wir fahren dann zurück, wenn du soweit bist. Mach dir keine Gedanken darüber, was andere von dir erwarten. Sie werden eben warten müssen."

Sia seufzte tief und nahm einen großen Schluck von ihrer Schokolade. Sie blickte ins Kaminfeuer und fühlte sich so gut wie seit Jahren nicht mehr.

„Dieser Ort hier hat mich stark gemacht. Mich geheilt. Ich habe dir bisher nichts darüber erzählt, aber ich hatte in meiner zweiten Nacht hier eine seltsame Erscheinung. Es hat sich nicht wie ein Traum angefühlt, aber wahrscheinlich war es einer. Deshalb habe ich angefangen zu schreiben. Es war wie eine Offenbarung, die mir genau gezeigt hat, was ich will und wer ich bin."

Etwas unsicher blickte Sia zu Gideon, gespannt, was er nun über sie denken würde. Doch er sah sie genauso offen und liebevoll an wie in den letzten Tagen.

„Ganz egal, was es war, es hat dir geholfen. Dieses Buch zu schreiben ist eine wunderbare Idee. Ich freue mich sehr, dass es dir hier gefällt und so gut tut."

Gideon blickte Sia daraufhin tief in die Augen, und sie fühlte sich wie gebannt. Sie versank in seinem Blick, ließ zu, dass ein wohliger Schauder über ihren Körper lief. Bisher hatte sie nach ein paar Sekunden immer weggeschaut. Sie blickte Menschen grundsätzlich nie lange in die Augen. Doch in diesem Moment war es sehr angenehm.

„Willst du mit mir tanzen?"

Gideons Frage riss sie zurück in die Wirklichkeit. Verwirrt sah sie ihn an, woraufhin er herzlich lachen musste.

„Na komm, tu mir den Gefallen. Sonst zahlen sich die Tanzstunden in meiner Jugend ja nie aus."

Er stand auf und reichte ihr die Hand. Aus den Lautsprechern der Anlage lief langsame, melancholische Musik.

Sia nahm seine Hand und ließ sich von ihm hochziehen. Vorsichtig legte er eine Hand um ihre Taille und hielt mit der anderen Hand die ihre. Langsam bewegten sie sich zu den sanften Klängen.

Nach einer Weile legte Sia ihren Kopf an Gideons Brust und spürte seine Wärme. Er drückte sie noch näher an sich heran und umfasste sie nun mit beiden Armen. Eng umschlungen tanzten sie, und Sia verlor jegliches Zeitgefühl. Sie wünschte sich nur, dass dieser Moment niemals enden würde.

Wahrscheinlich hätten sie noch stundenlang weitergetanzt, wenn die Musik nicht auf einmal ausgegangen wäre, da die Anlage sich abschaltete.

Sanft schob Gideon Sia ein Stück von sich weg, bis sie ihm in die Augen sah. Sein Blick war verträumt, und er streichelte sanft ihre Wange. Dann beugte er sich zu ihr hinunter und küsste sie.

Ein heftiges Kribbeln durchfuhr Sias ganzen Körper, und sie hatte das Gefühl, vollkommen mit Gideon zu verschmelzen. Sie schlang ihre Arme um seinen Nacken und gab sich ganz diesem Kuss hin.

Sia hatte in ihrem Leben bereits ein paar feste Beziehungen gehabt, doch so hatte sie sich noch nie gefühlt. Gideon gab ihr ein Gefühl von Sicherheit. Er glaubte an sie und stand ihr bei allem, was sie tat, zur Seite. Sia vertraute ihm von nun an nicht nur ihr Leben, sondern auch ihr Herz an.

Mit einem guten Gefühl kehrte Sia in ihr Leben als Sängerin zurück.

In den freien Zeiten zwischen den Auftritten schrieb sie weiter an ihrem Buch. Ihr Manager hatte bereits einen Verlag gefunden, der es veröffentlichen wollte. Gideon blieb an ihrer Seite und unterstützte sie, wo er nur konnte. Er achtete darauf, dass sie Pausen einlegte, und entführte sie an wunderschöne Orte, wo sie lange Spaziergänge unternahmen.

Sia lernte sich durch das Schreiben selbst wieder kennen und fand zu ihrem wahren Wesen zurück.

Als ihr Buch schließlich veröffentlicht wurde, veränderte sich alles. Die Öffentlichkeit nahm sie auf eine ganz neue Weise wahr. Ihre Fans gaben ihr tiefgründiges Feedback und bewunderten sie für ihre Ehrlichkeit. Viele Menschen konnten sich in ihren Worten wiederfinden.

Das Buch hielt sich monatelang auf der Bestsellerliste, und Sia spendete die Einnahmen an wohltätige Zwecke. Gideon und Sia machten regelmäßig Urlaub in der Hütte seiner Eltern, denn dort fühlte sich Sia am wohlsten.

Das Leben hatte eine wundervolle Wendung genommen.

Die geheimnisvolle Erscheinung, die Sia in jener Nacht gesehen hatte, kehrte nie wieder zurück. Doch sie blieb ihr in schöner Erinnerung. Sia war dankbar für dieses Erlebnis, das sie auf den richtigen Weg gebracht hatte.

Eine Welt voller Bücher

Unvergessliche Abenteuer
Faszinierende Charaktere
Neue Welten und Ideen

Bei Infinity Gaze endet
die Lesereise nie!

Jetzt entdecken unter:
www.infinitygaze.com